大活字本シリーズ

遠い昨日、近い昔

森村誠一

《下》

埼玉福祉会

遠《とお》い昨日《きのう》、近《ちか》い昔《むかし》

下

装幀　巖谷純介

目次

Ⅵ　戦争の飽食と『悪魔の飽食』

コマーシャルフィルム

中京大学学長・松田岩男氏から講演の依頼があった。先約に阻まれて動けなかった私は、せっかくの招請を辞退せざるを得なかった。それから間もなく松田氏は米国に出張中、ボストンのホテルで暴漢に撃たれて死去した。犯人はいまだに捕まっていない。氏は私の遠縁でもある。おもいだすたびに心が痛む。

ある大手電子機器メーカーが私に、開発したコンピューター制御によるセキュリティ製品へのＣＦ出演を依頼してきた。

駆け出しの私には有り難い依頼であった。だが、当時、私はなりたいと願っていた作家にようやくなれて、ひたすら小説の執筆に集中していた。小説以外のことには目を向けてはいけないと自らに誓っていた。

再三、謝絶した私の家に、その社の担当者が最上等の神戸牛をお土産に、私をモデルに仮定したＣＦの試作品を携えて来た。

夕焼けの空にそびえ立つ超高層ビル群、深夜のビル内にこつこつと響く靴の音、光と影の整合の中を移動する人のシルエット。そして私を模したシルエットがつぶやく都会の夜を守る商品名。いまおもいだしても心が震えるような見事なＣＦであった。

だが、小説第一と自らに義務づけていた私は、あえて謝絶した。担当者ががっくりと肩を落として帰って行った後ろ姿は、私の終生の心の債務として刻み込まれている。

一期一会の出会いを省みて、同じ人と、同じ場所での出会いであっても決して繰り返せないという山上宗二の説く、茶道の精神の要点である千載一遇の機会を自ら逸する愚を戒めたものと理解するようになった。

『新幹線殺人事件』以後、長い不遇の時代に比べて、比較的順調な作家生活を歩み始めていた。

私はそのとき、小説というものは内容よりも名前が先行することを学んだ。作家にとって無名であるということは致命的である。どんなに内容が充実していても、無名の作家の作品は一顧だにされない。

本は食品や他の商品のように試食も試用もできない。買って読んだ後、失望しても返品できない。仮に返本できたとしても、読書によって失われた時間は取り戻せない。

本を買う基準となるものは、まず作者名である。作家の知名度が一応の目安となる。新人の場合は文学賞という勲章付きであること。新聞、雑誌の書評も本を買う誘因となる。

だが、まったくなにもついていない無名の作家の作品は、読者に一顧だにされない。私の場合、原稿の内容は少しも変わらないのに、受賞後は出版社の引っ張り凧《だこ》になった。

その後、知遇を得た紀伊國屋書店会長の松原治氏がおっしゃった、人生には三つの大きな出会いがある。
一は人間との出会い、
二は本（文化）との出会い、
三は場所との出会いである。

その深い意味がよくわかった。

人間との出会いは、職業や、動・植物などとの出会いも含む。そしてその出会いの中に、人生の鍵が手渡される。中にはそれが鍵であることに気がつかず、死蔵している人も少なくない。

作家は書くべきものを内蔵している。だが、作家自身がなにを内蔵していいるかわからない、あるいは知らない場合も少なくない。他人から刺激を受けて、自分の内に、外へ出たがっているものがいることに気がつく場合もある。アウトサイドからの刺激をまったく受けないような生活をしていると、内蔵されているものが次第に死んでしまう。

作家の内《インサイド》に、外へ出たがって犇《ひしめ》いているものの力が感知されても、出口がない。作家は、内蔵されているなにかマグマのようなものを、まず外へ出してやらなければならない。内から外への噴出力の有無が作家のスタートラインであり、噴出力の維持力《メンテナンス》がプロの作家の航続力と言えよう。

ニューヨーク取材

『人間の証明』は、今日までの全作品中、最大の読者を獲得した作品である。上昇気流に乗ったせいもあるが、アウトサイドや、映像の援護も大きい。アウトサイドの力によって生まれた作品といったほうが正確かもしれない。

鶏が卵巣に卵を抱えているように、作家が作品の卵巣を失ったときは、すでに作家ではない。元・前作家でもない。作家の脱《ぬ》け殻である。卵巣を抱えたまま書かなくなった作家は、脱け殻ではなく、作家の化石といえよう。どちらにしても作品は生まれない。

私は、連載が終わり、単行本にまとめる前に、確認のため現地へ行く。『人間の証明』単行本化に際して、私はニューヨークのハーレムの取材に行った。私の目的地はハーレムの中でも最も危険とされる東寄りのイーストハーレムであり、NYの一般市民も近寄らなかった。

当時、ハーレムは荒廃の極みにあって殺人、強盗、傷害、強姦《ごうかん》、窃盗など日常茶飯的に発生しており、タクシーに行き先をハーレムと告げると乗車拒否された。

私は途方に暮れたが、あきらめかけながらも執念深く呼び止めたタクシーが、「二十五分署までよければ行ってやる」と答えた。ドライバーはアレックスと名乗った。二十五分署はハーレムのど真ん中にある所轄署である。『人間の証明』には二十五分署の刑事も登場するので、まさに渡りに舟《ふね》であった。

二十五分署はハーレムでも最も荒廃している、一一九丁目イースト のスパニッシュハーレムの核心部に位置している。警察署から取材を始めれば危険もないだろうと、私は地獄で仏に出会ったような気がした。タクシーが発進すると、ドライバーが、

「あんた、日本人か。おれは軍隊にいて、終戦後日本のクマゲヤという町に一ヵ月ほど進駐して、それからワケヤマに移動した」

と話しかけてきた。私は偶然の一致に驚いて、クマゲヤが熊谷であることを確認した。ドライバーも偶然の邂逅《かいこう》に驚いたようである。

こうして元進駐軍兵士に二十五分署へ案内された。この分署には、署長以下二人のキャプテン（警部）、五人のルテナント（警部補）、

二十五人のサージャント（巡査部長）、二百五十人のオフィシャル（巡査）によって構成され、所管一平方マイル約八万人の住人を管轄《カバー》しているという。

　ドライバーは、二十五分署に居合わせた警官たちに、「日本の大作家《グレイトライター》がハーレムの視察に来た。案内してやってくれ」と紹介した。グレイトライターとは恐れ入ったが、警官たちは大歓迎してくれた。まず留置所の中まで見せてくれた上に、ラジオカー（パトカー）を出してくれた。彼らは、「日本に帰ったら、我々のことを大きく紹介してくれ」と言った。

　ラジオカーの運転を担当した警察官は、乗車前に安全装置を外したのか、弾丸を弾倉に装塡《そうてん》したのか、金属的な音と共に拳銃をガンベルトに差し込んだ。

発進前に、「車内からいくら写真を撮っても構わないが、絶対に車外に出てはならない」と注意された。こうしてパトロールに出た市街地には、まともな服装をした者は一人もおらず、消火栓は叩《たた》き壊され、水道からは水が出放しになっている。路面にはゴミや紙屑《かみくず》が溢《あふ》れていたが、それはニューヨーク全市街に共通している光景であった。

車内からシャッターを切りつづけている私に、住人たちは明らかに反感を剥《む》き出しにした顔を逸《そ》らすか、背を向けた。パトカーに投石するゼスチャーをする者もいる。子供だけが友好的であったが、撮影を許した後、必ず窓に手を向けて、カネをくれ、と言った。ハーレムの住人にとって、私は明らかに観光客でなく、ハーレムを悪宣伝するための報道者に見えたのかもしれない。

ラジオカーは最近発生した殺人事件の現場や、街娼《がいしょう》の群れ集うセックスコーナーなどに案内してくれた。なにも知らない観光客が紛れ込んでカモにされるが、ホールドアップはほとんどない。向けられたカメラの被写体となって、撮影料だけを要求するという。だが、それも昼間だけで、夜間の安全は保障されない。市中のストリート（東西横の通り）のホールドアップと異なり、各人種の縄張り争いであるそうである。そのハーレムも、今日は歴史と文化の街になり、音楽、ダンス、ブラックカルチュアの中心地として、観光スポットになっている。

取材を終えて二十五分署へ帰って来ると、アレックスが待っていてくれた。

「いい取材ができたか」

「満足したよ《サティスファイド》」

「よかった。日本へ帰ったら、おれにも雑誌を送ってくれ」とアレックスは言って、住所を書いたメモを渡した。

「必ず送るよ」と私は約束した。

その時の取材記事は帰国後、日本交通公社（ＪＴＢ）発行の「旅」に掲載されて、数部、もらった住所に送ったが、後日返送されてきた。アレックスはすでに移転したらしい。

文芸誌全盛時代

『人間の証明』以後、顧みてよく乗り越えられたとおもうような修羅場が何度もあった。

「週刊小説」の集中連載以後、短期集中連載の執筆依頼が相次ぐようになった。「オール讀物」（文藝春秋発行）から前・後編二百枚ずつ二回、集中連載の依頼がきた。併行して週刊誌を何本か抱えた上に、一ヵ月二百枚の集中掲載はかなり厳しい。

当時、岩手県の国道4号上で山賊が出たという事件が発生した。いまどき山賊が出るなどと言ったら一笑に付されるが、北海道から牛を運ぶトラックが襲われて、牛トラごと強奪された事件が現実に起きたのである。その山賊は牛を奪ったものの買い手がなく、結局、近くの山中に牛を乗せたままトラックを放置して逃走した。

私はこの事件をモデルに、本格推理小説を構想した。角川書店の橋爪懋氏の運転するマイカーで現地を取材し、なんとか一回分二百枚を書き上げ、編集部に提稿した。文春の仕事に角川書店の編集者が取材協力したのは、文庫は角川という約束を踏まえてである。

だが、提稿二日後、当時の編集長・安藤満氏（後に社長、通称アンマンさん）が私の原稿を抱えて、突然、仕事場に来た。「オール」や「小説現代」からは何度も原稿を突き返された苦い経験がある。編集長直々に原稿を抱えて来たので、これはてっきり作品が安藤氏のお眼鏡に適《かな》わなかったなと覚悟した。

向かい合って坐った安藤氏は、まだ書いたばかりの湯気の立ってい

るような拙稿をおもむろに差し出して、

「非常に面白く拝読しました。読者にここまで読ませて次号につづくでは精神衛生上よろしくない。ついては、今月号に完結まで前・後編四百枚、一挙掲載したいが、いかがであろうか」

と切り出した。

私は仰天した。突き返されたのではないことがわかってほっとしたものの、次号の二百枚、安藤氏はぎりぎりまで待つと言ってくれたが、どんなに待っても五日である。一日四十枚、毎日同じペースで書けるとは限らない。二百枚書き終えて消耗しきっているところにさらに二百枚（で終わるとは限らない）をリクエストされて私は束《つか》の間、目の前がくらくらした。

だが編集長自ら、読者代表となって、分載しては精神衛生上悪いから一挙掲載したいという申し出《い》でを、作家の看板を掲げた以上、断れない。作家の檜舞台《ひのき》である「オール」から四百枚の誌面を提供されて断るようであれば、作家をやめた方がよい。私は引き受けた。この作品が『誘鬼燈』である。

だが、「オール」に輪をかけるような依頼がつづいて舞い込んだ。「小説現代」の当時の担当編集者・成田守正氏（現在文芸評論家）が途方もない企画を考えついた。

毎月百五十枚、九ヵ月連載、三ヵ月を一単位として、本格、サスペンス、社会派の三ジャンルのミステリーを書き分け、三冊の単行本をワンセットとして出版したいというリクエストであった。

だが、成田氏の私を見込んでの依頼を断れない。このときの作品が『太陽黒点』『凄愴圏』『空洞星雲』の三部作である。この九ヵ月の間に、『空洞星雲』の取材のために、六本木のディスコに毎夜のように通った。

当初は編集者がつき合ってくれたが、連夜、貫徹に近いディスコ通いに音をあげて、とうとう私一人になってしまった。だが、ディスコの面白さに、「ミイラ取りがミイラになった」ように、私の六本木通いはつづいた。

男一人でディスコに行っても、面白いことはなにもない。だが、毎夜通ううちに、現地調達の女性グループが増えてきて、ディスコが終わった後は、近くの居酒屋に流れて夜明けまで盛り上がる。

彼女たちは私をメッシー代わりにしていたのであろうが、私にしてみれば、一品平均二百円、彼女らがいくら飲食しようと大した出費ではなかった。テープを仕掛けて、彼女らの会話を録《と》っておくだけでも効率のよい取材となった。

いつの間にかグループに連絡網ができて、毎週末、私が一声かければ十人ぐらいは、当時のキャピキャピギャルが六本木に集合した。その成果が『空洞星雲』以下、諸作品に実《みの》った。

このころから、各誌から数百枚一挙掲載の依頼が相次ぐようになった。人物が勝手に動きだして加速度をつけていく一般の小説と異なり、推理小説、特に本格推理小説となると、登場人物の先走りや暴走は許されない。人工の美学と言われるように、精密な青写真を踏まえて作品世界を構築しなければならない。つまり、あまり加速度がつかない。本格推理の宿命である。

その宿命に抗して、一挙掲載五百枚などという紙数《スペース》はほとんど信じられない。まさに不可能の枡目《ます》を埋めているような感じであった。

だが、作家以外のなにものにもなりたくないと願って作家になった私は、ここで挫《くじ》ければ、またホテルのフロントカウンターに戻らなければならない。「小説で食えなくなったら、いつでも戻って来いよ」と言ってくれた上司の顔が目の前に浮かんだ。ホテルの『燈台鬼』（上巻・一五六ページに既述）となって立ち腐れていく自分を想像すると、どんな注文もこなせた。

七三一部隊

『人間の証明』の後、証明シリーズ、十字架シリーズを経由し、一九八〇年代に入って「赤旗」に原発をテーマにした『死の器』を連載した。連載中、まだ当時は歴史の闇のヴェールに包まれていた細菌戦部隊関東軍第七三一部隊について触れた。

同部隊の生存者の一人から、

「『死の器』に書かれている七三一部隊の実態は、あんなものではありません。もし実態を知りたければ取材に協力する」

という連絡があった。最初に接触した元隊員の協力をきっかけに、世界的戦争犯罪アウシュビッツに匹敵する七三一部隊の恐るべき実態が次第に浮かび上がってきた。

当時「赤旗」の記者であった下里正樹氏の協力を得て、取材網を同部隊の本部があったハルビンまで拡《ひろ》げた。終戦に際して、七三一部隊が秘匿研究開発した生物兵器が当時のソ連に渡ることを恐れた米国は、七三一部隊の部隊長以下幹部をお咎《とが》めなしとして生物兵器を独占した。『人間の証明』による収入を転用して、私は取材網をさらに中国の長春（旧新京）、瀋陽（旧奉天）、北京および米国まで拡大した。こうして刊行した『悪魔の飽食』は発行部数三百万部に達した。

だが、元隊員から提供された第二部に使用した写真の中に、七三一部隊とは関係ない明治四十三（一九一〇）年から翌年にかけて中国東北部に流行したペストの惨状の写真が混入されていた。提供者は本物の資料と混ぜて提供したので、真贋《しんがん》が見分けられなかったのである。

その後が凄《すさ》まじかった。これまでなにも言わなかった右筋の街宣車の大行列が連日群集した。お経を唱え、最大ボリュームの拡声器で国賊、売国奴、非国民、日本から出て行け、と怒鳴り続けた。「グラビア写真がインチキであるから、内容も嘘《うそ》にちがいない。筆者は筆を折るべきである」と著名な学者までがグラビアを見ただけで雷同した。

写真は誤用したが、内容は真実であると、徹底的な取材を踏まえて私は自信があった。マスメディアは内容についてはほとんど言及しなかった。

電話は鳴りっぱなし、窓に投石され、玄関ドアに赤ペンキがぶちまけられた。地元の警察が朝九時から夕方五時までは警護してくれた。また ご近所衆が総力を挙げて支援してくれた。抗議文や脅迫状は毎日、山のように配達され、メールボックスからはみ出した。右筋の団体は差出人名を明示したが、おおかたの脅迫状や抗議文は匿名であった。

腹に据えかねた私は、その半分以上を焼燬《しょうき》したが、半分は歴史の証言として価値があることに気づいて保存した。家人が嫌がるので玄関ドアの赤ペンキも消去したが、後日、せめて撮影だけでもしておけばよかったと臍《ほぞ》を噬《か》んだ。

『悪魔の飽食』は一時、絶版処分に付されたが、角川春樹氏がこれを拾い上げてくれた。

角川書店では、総合出版社たるもの、危険を冒して火中の栗を拾う必要はないと社内に反対が多かったようであるが、春樹氏は、ここで一歩退けば、日本の出版の自由、表現の自由は退歩すると主張して、あえて『悪魔の飽食』の発刊に踏み切った。

復刊と決定して、角川書店がまず最初にしたことは、社長の身体の安全対策であったという。

その後、七三一部隊の実態は、多くの学究や研究者によって、余すところなく追究され、世に露出されている。『悪魔の飽食』は写真誤用事件の発生によって、むしろ内外にひろく、七三一部隊の存在を知らしめ、その研究を一挙に進めた。敵から塩を送られたような形になった。

これを世界に恥をさらす自虐的行為だと言う者もいるが、日本が犯した非人道的戦争犯罪を、臭いものに蓋《ふた》をするように隠す行為こそ日本の恥をさらすものである。

凄《すさ》まじい抗議、攻撃、バッシングの渦の中で、私はすでに第三部を書き始めていた。「森村誠一暗殺計画」を企画した右傾メディアもあった。バッシングに怖《お》じ気づいて引き下がるようであれば、初めから筆を染めないほうがマシである。

気流に乗った作品

風邪をひいて四〇度近い高熱を発したことがあった。折から「小説新潮」の主柱《はしら》作品百枚の依頼をうけていた。だがとても書ける状態ではない。私は当時の編集長川野黎《れい》子氏に今月号はおろしてくれと頼んだ。川野氏は私の状態を観察して、

「あなたが交通事故で重傷を負ったり、重病で危篤ならかんべんしてあげるが、この程度なら書けます」

と言った。鬼のような編集長だとおもったが、それだけ私の作品に懸けている気迫が伝わってきた。私は朦朧《もうろう》たる意識の中、気力を振り絞って、とにかく百枚書いて提出した。

そんなある時期、当時、社長になっていた角川春樹氏と専務の角川歴彦氏から突然、築地の料亭に招待された。見るからに豪勢な料亭であった。結構な料理を振る舞われ、雑談が一段落したところで、やや

姿勢を改めた角川春樹氏が切り出した。

「この度、角川書店創立五十周年を記念して、超大作映画『太平記』をつくります。ついては、あなたにその原作を書いていただきたい。クランク・インまで一年弱しかないので、「野性時代」（角川書店発行）に最大限の紙数をとります。社運を賭してのプロジェクトです。ご承諾いただけれぱすぐに書きはじめてもらいたい。ご承諾いただけませんか」

春樹氏は例の睨《にら》むような目をして私を見た。歴彦氏もかたわらから凝《じ》っと私の表情を探っている。

当時の「野性時代」は電話帳のような雑誌で二千枚以上は軽く収容できる。春樹氏が最大限と言うからには、少なくとも六百枚以上は覚悟しなければならない。他にも数誌の連載を抱えている。六百枚どころか、百枚の余裕もなさそうであった。

だが、社長と専務から膝《ひざ》を交えて、社運を賭す超大作映画の原作を依頼されて、断ることは論外であった。

書ける書けないは別にして引き受けるしか選択肢はない。こうして『太平記』全六巻中、第一回が八百枚の掲載をもって「野性時代」にスタートした。一挙八百枚は、後にも先にもそのとき一回だけであった。

『悪魔の飽食』が完結した後、角川書店の社難とも言うべき事件が発生した。角川書店創立以来最大の社難であった。

角川家三姉弟の長女・故辺見じゅん氏（作家）の相談を受けて、角川書店支援の会を立ち上げた。大藪春彦、清水一行、高橋三千綱、中原誠名人（棋士）、田辺禮一《れいいち》（紀伊國屋書店専務）、山村正夫などの各位が駆け付けて、「角川書店の将来を考える会」が発足した。また、多くの作家や海外から支援の言葉が寄せられた。紀伊國屋書店が当時の松原治社長の指揮の下、内外全店挙げて支援してくださったのは、角川書店や我々作家グループにとって強力な助っ人になった。

紀伊國屋書店と今日の角川歴彦会長のＫＡＤＯＫＡＷＡグループは、（角川書店の）創立者角川源義氏時代からつづいている絆をより強固なものにしたのである。

角川書店に依拠している作家たちは、紀伊國屋書店の支援によって大いに救われたのであった。そのとき、私は初めて読者に段差があることを知った。すなわち、二、三万部まではおおむね愛読者、十万部あたりまでは評判に乗って買う一過性読者、十万部を超えるとこの作者はまだ読んだことはないが、評判なので買ってみようという浮動票的読者、そして五十万部を超えるとこの作者は嫌いだけど、敵の手の内を知りたいという反対読者。そして百万部を超えるとなると、プレゼントに使う贈答読者、二百万部を超えると、流行に遅れまいとする社会現象読者などに区分される。

だが、ミリオンセラーは作品の内容よりも、気流の有無によって達成される。作品の内容ももちろん重要であるが、運《ラック》が大きくものをいう。作者の死後、作品が上昇気流に乗ることもある。それも一度ではなく、何度でも。

気流に乗っているとき、編集者が言った言葉がある。

「小説を書くとおもうな。文字を書け」

そのときはびっくりしたが、売れているときは文字を書いても売れた。だが、気流に乗った文字は、気流から降りた後も輝いて見えた。

気流に乗っている間、なにを書いても売れたのは、気流のせいだけではなく、気流に乗って作者の中に隠されていた実力が引き出されたのである。そこで慢心すると、気流は消える。

気流は自分一人の力とは限らない。私の場合は前述した出会い、編集者の協力や支持、優れた協力者、時代のニーズなどが、オーケストラのように協調して、上昇気流と一体となり、ベストセラーを生み出す。売れれば売れるほど、書店は目立つコーナーに展示し、出版社はさらに大きな広告を張って告知する。

これが逆になれば、店の隅に追いやられ、さっさと返本されてしまう。最初から売れないとわかっていれば、開梱《かいこん》しないまま、返本してしまう。どうせ売れない本は、開梱の手間を省いてしまうのである。

これを「ジェット返本」というそうである。だが、ジェット返本の中に、優れた作品が潜んでいることも少なくない。売れる作品が、必ずしも名作とは限らない。その逆も真なりである。

Ⅶ　時代を彩る夢と花と

グラスの奥の流浪

超多忙の合間を縫って、よく遊びもした。顧みると、忙しいときほどよく遊んでいる。

特に銀座にはよく出た。いままでまったく縁のなかった銀座のネオン街に、週二回は通った。本がよく売れた時代であった。ホテルのフロントで立ち腐れていた身が、作家先生と呼ばれて、出版社に銀座に招待されるようになってから病みつきになってしまった。

ファクスもパソコンもない時代である。編集者との「打ち合わせ」がよい口実になった。事実、銀座で打ち合わせをすると、仕事がうまくいくような気がした。

当時は銀座に文壇バーが花盛りで、老舗、新興の店が妍《けん》を競っていた。店には巨匠、大家がとぐろを巻いているので、新参の私は、私のデビューとほぼ同時に開店した「数寄屋橋」を拠点に、「繭」や「花ねずみ」へ通った。

銀座に出れば、三店はまわる。作家の行く店はおおむね定まっていて、たいていだれかに出会った。水上勉氏や立原道造氏などとは、銀座の路上ですれちがって名刺を交換した。

あるとき「花ねずみ」に入ると、北杜夫氏と吉行淳之介氏が居合わ

せて、同夜、北氏は躁状態で、初対面の挨拶を交わす前に、

「森村さん、五百万円貸してくれないか」

といきなり言われたのには面食らった。

咄嗟に返す言葉につまったが、

「百万円ぐらいならなんとか」

と応じたのがとても気に入られたらしかった。


「これから『姫』へ行きませんか」

吉行氏から誘われた。「姫」は山口洋子氏経営で、高級クラブとして知られていた。これはかなり取られるなと、密かに懐勘定をしていた私を察したのか、吉行氏は同行していた編集者に、

「きみ、姫のママに会って、これから森村さんを連れて行くから、一人一万円でやってくれないかと交渉して来てくれ」

と指示した。

偵察に行った編集者は間もなく帰って来て、

「一万円でいいそうです」

と報告した。

当時、作家でも〝学割〟で二万円時代に、姫が一万円とは、さすが吉行さんは凄いなと、私は内心感嘆した。吉行氏は新人の私を考慮して、気を遣ってくれたのである。

いつもは編集者と同行している私が、なんとした弾みか、一人で「数寄屋橋」に立ち寄った。たまたまそこに当時の徳間書店社長・故

徳間康快《やすよし》氏が一人で飲んでいた。緊張していた私に徳間氏は、

「森村さん、一緒に飲もうよ」

と磊落に呼びかけて、私にオールドパーのボトルをプレゼントしてくれた。私はもったいなくて、その後、そのボトルを同店に大切に保存しておいた。

その後、「数寄屋橋」は移転して、現在の場所に新規開店したが、四十数年前、徳間氏からもらったボトルは、まだ同店のどこかに保存されているかもしれない。

ある夜、某社の編集者と「数寄屋橋」で待ち合わせていると、彼が素晴らしい美女を伴って現われた。白大島の和服がとてもよく似合う、きりっとした女性であった。よその店の女性のようでもない。彼女は

少し酔っているようであった。

編集者が私に、

「井上ひさし氏の奥さん（当時）です」

とささやいた。

私は当夜、井上前夫人とどんな話を交わしたのかおぼえていない。夫人の艶やかな美しさだけが瞼に残っている。

銀座の帰途、大藪春彦氏と一緒になったことがある。牛が銀座にいた。なぜ生きている牛が銀座にいたのかおぼえていないが、大藪氏はその牛を見て、

「森村さん、あの牛はうまそうだね」

と舌なめずりをした。牛肉《ビーフ》は嫌いでないが、生きている丸ごとの牛を

見て舌なめずりをしている大藪氏に、ハードボイルド作家の側面を見たようにおもった。

笹沢左保氏とたまたま一緒になったとき、

「森村さん、河岸を替えて飲み直そうよ」

と誘われた。てっきり近くの店に行くのかとおもっていた私は、氏と同じタクシーに乗り込んだ。

「羽田」

笹沢氏は運転手に一言命じた。

「笹沢さん、羽田に行きつけの店があるのですか」

と私が問うと、

「祇園かすすき野に行って飲み直そうよ」

と事もなげに言った。

「京都の祇園か、札幌のすすき野のことですか」

　私が仰天して問い返すと、

「そうだよ。ほかにすすき野や祇園があるのかい」

と逆に笹沢氏に問われた。すでにかなり遅い時間である。慌てて私は、

「東京で充分ですよ」

と運転手に行き先変更を指示した。氏の豪快な遊びぶりには完全に圧倒された。

　ある夜、「魔里」で梶山季之氏と行き合わせた。珍しく氏は一人であった。いつも多数の編集者に囲まれて、賑やかに盛り上がっている氏が、寂しげに一人で飲んでいた。

私を見かけた梶山氏は、

「香港へ一緒に行かないか」

と誘った。突然言われてもスケジュールの調整がつかない。その夜の梶山氏の姿が、なぜか心に長く翳《かげ》を残した。数日後、香港で客死した梶山氏の訃報を聞いた。

夢を追うアンコール旅行

一九七四年、日本交通公社発行の旅行専門誌「旅」から、イランの首都テヘランから当時のソ連邦・アルメニア共和国の首都エレヴァン、グルジア共和国の首都トビリシ、黒海沿岸のソ連最大の保養地ソチなどを経由して、モスクワまでの縦断旅行紀行を依頼された。

当時、すでに角川春樹氏から依頼されて、『人間の証明』の執筆を始めていたころであり、各誌の連載も重なり、超多忙を極めていた。

だが、こんな機会でもないと個人的にはなかなか行く機会のない遠いエキゾチックな諸国に、私は大いに心を動かされた。

草原の英雄・チンギス・ハーンが地果て海尽きるまで、大遠征の足跡を記した黒海とカスピ海に挟まれた中央アジアから西欧に架けられた巨大な陸橋のようなミステリアスな土地柄に、私はロマンティックな旅情をそそられた。

だが、締め切りに縛られて、すぐには身動きできない。一年、時間を貯金して、一九七五年六月一日、私は「旅」誌の太田久夫氏と共に、羽田から勇躍、この大旅行の起点であるテヘランに向けて飛び立った。

テヘランからモスクワまで鉄道で結ばれているが、その間の国際列車は週二便しかないという。しかもイランとソ連の国境の情報は極めて不足しており、事情がどうなっているのかよくわからない。

ともかくソ連国営旅行社・インツーリストを経由して予約した国際列車は、六月三日、月曜日にテヘランを出発する予定になっていた。

前年三月、小野田寛郎《ひろお》氏がルバング島から生還している。

私自身、この年はすでに連載十本近く、単行本九点を刊行して、超多忙な時期にあった。だが、テヘランからモスクワまで、中東からソ連を縦断する旅の魅力に負けて旅立ったのである。

ところが、テヘランへ行ってみると、モスクワ行きの国際列車は六月十五日まで出ないということであった。ＪＴＢとインツーリストが組みたてた旅程にこんなミスがあろうとは予想もしていなかった。すべての旅程は、当日出発することになっている列車に基づいて組み立てられている。今日の列車に乗って、明日の指定時間までにアルメニア共和国のエレヴァンまでたどり着かなければならない。

冗談ではない。六月十五日は、イラン、ソ連縦断旅行を完成して、我々の帰国予定日である。

それまで我々にとってスタートラインとして以外になんの価値もないテヘランに、便々と滞在するわけにはいかない。

途方に暮れて地図を見つめていた私は、一計を案じた。イラン北方の大都市・タブリーズまでは幹線列車が走っている。そこからさらに国境最北端の町・ジョルファーまでローカルトレインがつないでいる。パスポートもビザもある。ジョルファーまで行って国境を越えれば、ソ連の国内列車に乗り継げるかもしれない。

だが、驚いたことに、タブリーズから先のローカル列車のダイヤが、タブリーズ駅ではわからない。駅員はユール・ファインド・ユア・ウェイ（道はおのずから開けるであろう）の一点張りであった。

とにかく鉄道が走っていることは確かなのであるから、行けばなんとかなるだろうと、一行二人、テヘランを出発した。

テヘランからタブリーズまで、イラン最大の幹線列車も一日一本、十六時間かかる。

タブリーズまでの道中もカルチャーショックの連続であったが、ともかく十六時間後の翌朝七時二十五分、無事にタブリーズに到着した。いよいよこれから先は、「道はおのずから開けるであろう」である。タブリーズはチンギス・ハーンの長征軍が開いた、当時、人口約四十万のアゼルバイジャン州の州都である。だが、到着すると同時に、次の困難《バリア》が立ちはだかった。

タブリーズ駅のどこを探しても、ジョルファー行きらしい列車もホームも見当たらない。私たちはジョルファー、ジョルファーと連呼して駆けずりまわったが、いずれも首を横に振るばかりである。駅員に聞いても一向に要領を得ない。

ようやく片言の英語がわかるイラン人をつかまえた。だが、彼はノー・ジョルファー・トレイン・トゥデーと答えた。ここから国境のジョルファーまで百数十キロ、ターミナルのタブリーズから一日に一本の便がないとは考えられない。

このイラン人は悠然たる口調で、「ジョルファー・トレインは週二回しかない。昨日出たばかりだから、今日と明日、タブリーズに滞在して、明後日にジョルファー・トレインに乗れるであろう」と天下泰平な顔をして言った。

こんなところで二日も待つくらいなら、テヘランにいればよかったと悔やんでも遅い。だが、私たちはジョルファーしか見ていなかった。

たかが百二十キロ。タクシーで行こうという発想が閃いた。だが、タブリーズ駅前にタクシーらしい車は一台もない。バスはあるが、タクシーはないのである。

途方に暮れて立っていた私たちの前に、一台のマツダが横づけになった。山賊の頭目のような悪相で戦車のような体格をした男が下りて来て、「ジョルファーまで三千リアル（約一万二千円）出せば連れて行ってやる」と話しかけてきた。

こんな山賊の白タクに乗ったら山中深く連れ込まれ、身ぐるみ、いや、命までも取られてしまうかもしれないと、ふとおもったが、ほかに選択肢はない。

商談成立して、私たちは山賊の車に乗った。山賊はアブラヒムと名乗った。アブラヒムは我々を乗せると、地の果てのような岩山の連なる方角へ向かって車を飛ばした。市中に車の数は少なく、信号がたまにあってもまったく無視の車最優先の運転である。

しばらくは鉄道に沿って走った。鉄道が見える間はジョルファーに向かっていると安心していた。一時間ほどで山地に入る。もはや鉄道は見えなくなった。

進むほどに山勢は険しく、人家はまったく見えなくなった。舗装などしていない道路を、マツダは朦々と土煙をかき立てながらひた走る。稀に対向車とすれちがうと、たちまち視界ゼロになってしまう。アブラヒムは常に口中になにごとか罵《ののし》っているようである。私たちの不安は高じてきた。山賊の本拠へ連れ込もうとしているのではないだろうか。

だが、急に道路の両側に民家が並び、車はやや大きな町の中に走り込んだ。モランダという山間の町であった。久しぶりに人の姿を見てほっとした。アブラヒムはレストランで小休止を取った。

小休止の後、レストランを出ようとすると、アブラヒムがなんと私たちが飲んだコーラを奢《おご》ってくれたのである。

モランダを出ると、さらに道が悪くなった。さすがのアブラヒムもこれまでのように飛ばせない。岩と泥の塊の間をかき分けるようにして進むと、視野が開いて、原野の果てに人家の塊が見えた。「ジョルファーか」と聞くと、アブラヒムは「たぶん」と答えた。驚いたことに、彼もジョルファーへ来たのは初めてだったのである。

ようやく入国管理事務所にたどり着くと、今日の受付は終わったという。こんな町で朝まで待つのでは、朝飯も食わずにタブリーズから白タクを飛ばして来た意味がない。「我々は日本から来た作家とジャーナリストであり、今日中にソ連に入国しないと、すべての計画が狂ってしまう」と必死に頼み込むと、係官は少し同情したらしく、やや偉そうな人間の前に連れて行ってくれた。

係官から事情を聞いた偉そうなのが、顎で行けと合図した。私たちの出国は許可された。

ジョルファーとソ連領をつなぐものは、一本の列車の鉄橋だけである。

だが、係官は列車の鉄橋を歩いて渡るなどとはとんでもないと言った。そんな前例はないので、そんなことをすればソ連側の警備兵がなにをするかわからないと脅した。

私の落胆の様《さま》を見た係官は同情して、午後二時ごろ、ソ連の列車がジョルファーまで来て折り返す。その車掌に頼んでやると言ってくれた。

午後二時過ぎ、ソ連側から少し遅れて列車が入って来た。だが、ソ連の車掌の答えは、「ニエット」であった。ここに万策尽きた。

「このままごり押しにソ連に入国しても、宿泊、食事等、一切の手配は保証されなくなります」

と太田さんは言った。事情のいかんにかかわらず、今日中に到着すべきはずのエレヴァンに着かなければ、インツーリストのすべての手配は取り消されてしまうのである。

ソ連領を指呼のかなたに望みながら入れない。入れないとなると、地の果てのようなジョルファーから国境の川のかなたに新天地が開けるように見える。パスポートもビザも出国許可も下りていながら、現実に入国できない。

私たちはその無念を胸に嚙みしめながら引き返さざるを得なかった。不幸中の幸いに、ジョルファーからタブリーズ行きの列車が間もなく出ようとしていた。これを逸すれば、この地の果ての町に閉じ込められてしまう。

ソ連領アルメニア共和国を目の前にして、国境から追い返された私は、無念で仕方がなかった。テヘランから帰路の機上にあって、私はごり押ししても国境を越えるべきではなかったかとしきりに悔やんだ。旅券もビザもあり、イランの出国許可も得て、金も持っている。国境をつなぐ鉄橋が渡れなければ、大した川でもない国境の川の浅瀬を渡渉してでも渡るべきではなかったか。

アルメニアに入国してしまえば、文化果つる土地でもなければ、無法地帯でもないのであるから、宿や食料や車にありつけたであろう。私は恨みを後に残して、東京へ帰って来た。旅情ならぬ旅怨が残った旅であった。

帰国すると、旅怨はますます大きく、深くなった。モスクワまでの挫折した旅の後ろ半分を完遂しないことには、私は終生、人生の大きな債務を背負ったようなプレッシャーをおぼえた。

こうして私は同年八月下旬、『新幹線殺人事件』でお世話になった光文社の窪田清氏を誘い、挫折した縦断旅行の後ろ半分を完成する旅に出発した。

すでにイランは国境のジョルファーまでの旅程を消化している。残り半分を、またイランからスタートしては、同じ轍を踏む虞《おそれ》がある。そこで私は、今度は一挙にモスクワに入り、モスクワから国内線でエレヴァンに飛び、そこからジョルファーの対岸の国境まで行って、モスクワまで列車に乗ろうと考えたのである。ソ連国内に入ってしまえば手配も楽であろうという発案であった。

こうして窪田氏と共にエレヴァンに入ったのは八月二十五日であった。ノアの方舟が漂着したという伝説が残るアララット山が、夏でも頂稜に雪を冠して、市の南方に聳えている。

市民をはじめアルメニアの人々は、自分たちをノアの直系子孫と本気で信じている人が多いという。エレヴァンは緑の洪水のような街路樹に埋もれている美しい町であった。あの地獄の釜の底のようなジョルファーの地つづきわずか百六十キロに、このような美しい都会があることは信じられないほどである。

ジョルファーの国境に立って、アルメニア領を望みながら、新しい地平が開けるような予感を持ったのは誤っていなかった。

だが、エレヴァンからジョルファーの国境まで鉄道はあるが、旅客列車は走っていないということであった。バスがあるが、不定期でいつ出るかわからないという。

だいたいエレヴァンに来る観光客で、ジョルファー国境まで行こうとする者は皆無であり、情報がまったくなかった。インツーリストの係員すら、国境についてはなにも知らない。

私たちは、国境はあきらめて、エレヴァンからモスクワへ向かうことにした。途中、グルジア共和国の首都・トビリシや、ソ連有数のリゾート地・ソチなどを経由してモスクワにたどり着いたが、エレヴァン国境間百六十キロは残念ながら埋めることができなかった。

イラン・ジョルファーから国境の対岸を望んで虚しく追い返された恨みを、今度は対岸に立ってイラン側を見返してやろうという〝雪辱〟は、ついに成らなかった。

いまでもエレヴァン——ジョルファー間の百六十キロは私の永遠の旅怨となっている。

この間の旅行記は『米ソ大平原特急』(日本交通公社出版事業局)に詳しいので省く。

運命の花

角川事件を契機にして、紀伊國屋書店CEO・松原治氏の主宰で、毎年夏と冬二回、角川ホールディングス会長・角川歴彦《つぐひこ》氏と私の三人が集まるようになった。二〇〇一年からは、写真家、アラーキーこと荒木経惟《のぶよし》氏が参加するようになった。

すでにこの集まりも五年を数え、歴史ができつつあったころのことだ。

二〇〇四年八月のある日、アラーキーがさりげなく「ほいよ」と言って、私に彼の最新作写真集をくれた。

なにげなくページを開いた私は、そこに定着されていた映像に釘づけになった。かたわらに一首の短歌が添えられている。

死にきれぬ浜辺に冬日の射しにけりこころ空《うつ》ろに石拾うなり

さらにページを繰った私は、息を呑んだ。裸身の胸を痛々しく横切る傷痕。抉り取られた乳房、残された一方の乳房の完成された美しさが、抉り取られた乳房の幻影を彷彿とさせるかのようである。そして、失われた乳房の主のこの世のものならぬような裸身。

胸深し傷より涙あふれいず時雨《しぐれ》に溶けて落葉ぬらさん

静脈やいのち支えし青き河かなしき流れよ一条《ひとすじ》の孤独

添えられた悲痛な歌が、凄絶な映像を天の上から洩れてくる光が照らしているように見えた。私は全身に電流が走ったようなおののきをおぼえた。

本はアラーキーと宮田美乃里という歌人の写真歌集であった。彼女は進行性の乳癌に冒され、最良の治療を施しても五年の生存率は六割と宣告されて、彼女は一切の治療を放棄した。

抗癌療法によって多少延命しても、それが自らを損なうことになれば意味がない。敗れるとわかっている戦いに、残り少ない余命を挺したくないとおもった。

彼女にとって余命とは、限られた花の命をあるがままに保つことであった。

せめて花（余命）ある間に、自分の存在証明を刻み残したいと願って、アラーキーに写真の撮影を依頼したということである。

すでに乳房が膿んで崩れてきたために、治療のためではなく、余命を全うするために片方の乳房を切除した。彼女の人生のラストステージに進められた身体を、永遠の映像として定着したいという願いから、アラーキーに手紙を出した。

荒木の反応は早かった。撮影中、宮田美乃里は二百八十四首の短歌を辞世のように詠んで、荒木の写真に添えた。

荒木が私に贈ってくれたのは、『乳房、花なり。』と題したその写真歌集であったのである。

私はその映像と歌の凄絶な美しさに感動した。それは生と死の境界を漂流しているようなこの世のものならぬ美しさのようであった。

私はそのとき、運命的な予感をおぼえた。『人間の証明』の麦わら帽子の詩や、角川春樹氏、また『悪魔の飽食』の七三一部隊、『忠臣蔵』や『新選組』と結びつけてくれた重金敦之氏などとの出逢いのような運命の予感が走った。だが、これまでの予感とはどこかちがっていた。

これまでの運命には時間があった。だが、宮田氏との出逢いには時間がなかった。こうしている間にも、彼女は刻一刻と死の彼岸へ遠ざかって行く。

まだ彼女に会ってもいない一方的なおもい込みによる予感であったが、私は彼女との出逢いに運命をおぼえたのである。その運命の背後に、まだ書いていない作品が見えていた。

彼女の生ある間に会いたい。そして、その存在証明を書きたいというおもいが衝動となって突き上げてきた。

私は荒木氏に、宮田氏に会えないかと問うた。

「かなり難しいとおもうよ」

と荒木氏は首をかしげながらも、最近、宮田氏に会ったという「ダ・ヴィンチ」誌の女性記者・服部美穂氏を紹介してくれた。

早速、服部氏に連絡を取ると、

「病状はかなり重いけれど、まだ今日、明日ということではなさそうなので、会えるかもしれない」

という肯定的な返事であった。

服部氏の言葉に勇気を得た私は、おもいきって宮田氏に手紙を書いた。彼女からのレスポンスは早かった。

こうして宮田氏の病床通いが始まった。確実に死ぬことがわかっている人の死の床から、その存在証明を刻むための取材は、かって経験したことがない辛いものであった。彼女の余命ある間に積み残しがないよう、私は貪婪《どんらん》に彼女から吸い上げようとしていた。

取材を終えて帰るとき、彼女は精も根も尽き果てたようになっていた。次の約束をしても、帰るときは、いつもこれが最後になるのではないかとおもった。私は明らかに彼女の残り少ない寿命を縮めていた。

宮田氏は、「アラーキーのカメラによって全裸に剝かれ、先生（森村）のペンによって内臓まで解剖されているような気がする」と言った。

「あなたの存在証明を刻む迫真の作品にするためには、モデルと作者が相思相愛でなければならない」

と、私は彼女に宣言した。当初、宮田氏は面食らっているようであったが、私の骨の髄までさばくような取材が進む間に、作中のヒロインそのものとなって私を愛していた。

宮田氏と私の間には親子以上の年齢差があった。「あなたの余命をせいぜい半年として、私が平均寿命まで十年、相殺すれば大した年齢差ではない」という手前勝手な年齢差に、彼女は共感した。

男女の愛には究極にセックスがある。だが、私たちはどんなに愛し合ってもセックスは不可能であった。プラトニックラブであっても、可能な性を踏まえている。初めから不可能を前提にしたこの世とあの世の境界を漂流する愛であった。

こうして『魂の切影』は、彼女の燃え尽きつつある余命と同時進行の形で、「小説宝石」誌上に連載された。残酷な作品であったが、宮田氏はそれに耐えてくれた。会う都度に、彼女の病状が篤くなっていることがわかった。

当初は週一回、できれば二回でも三回でも、毎日でも会いたかったが、彼女の病状が許さない。こうして二〇〇五年一月二十三日、私は次回の訪問日を二月六日と約束して、宮田家を辞去した。

だが、約束日の前夜、宮田氏のご母堂から電話があり、病状にわかに改まり、すでに言葉も話せず入院したという連絡が入った。

その日以後連絡が絶え、三月二十八日早朝、ご母堂から電話で訃報を聞いた。享年三十四であった。

葬儀の日、会葬者の一人が、「あまりにも美しいご遺体で、荼毘に付するに忍びなく、永遠に保存したかった」と弔意を表わした。

荒木氏は、

「初めて会ったとき、海浜での撮影で、宮田氏が拾い上げた小石を彼女の形見として大切に保存している」

と弔辞を述べた。

その三日後、宮田氏が愛した桜が開花した。四十九日の法事において、私は仏前において『魂の切影』の最終回を朗読した。

「昨年九月、初めて宮田氏に会ってから十回、わずか五ヵ月に満たない交流であったが、永遠に等しい恋愛であった。もはや私は宮田氏のような恋人《モデル》に会うことはあるまい。作家として、たとえ五ヵ月であっても、一期の恋人にこの世で出会えたことを神に感謝すべきであろう。毎年春がめぐりくる都度、私は散る花の行方に、彼女の面影を探しつづけるであろう」

人生の不幸探し

『八つ墓村』や『犬神家の一族』により、一大ブームを来した横溝ミステリーにあやかろうとして、『金田一耕助さん・あなたの推理は間違いだらけ！』という出版物が出た。重箱の隅を楊枝でつつくようなあら探しであり、他人の褌《ふんどし》で相撲を取る、創作とは言えない卑《いや》しい印刷物であった。このころ、このような奇妙な出版物が相次いで出まわった。当初はつまらんものを書く者がいるんだなあと呆れていたが、そのうちに、今度は別のライターが『森村誠一氏推理小説の間違い探し』という二番煎じを出した。これには驚いた。

もともとそれの下敷きとなったものが「他人の褌」であったものを、さらにその褌の二匹目のどじょうを狙う者がいようとは考えもしなかった。作家は多数の読者を背負っているので、このような出版物を出されて無視するわけにはいかない。

内容を見ると、重箱の隅よりもさらに進化して、マッチ箱の隅を針でつつくようなあら探しであった。誤字だらけ、「ら」抜き言葉で、私の文章論にまで立ち入っているのは笑止であった。

横溝氏は無視したが、私は反論した。作者は読者の利益代表者でもある。作品を営業妨害のような形で辱《はずかし》められて、読者のために黙っているわけにはいかない。

もっとも原本が話題にならなければ、そんな印刷物を出す者もいないであろう。小泉首相にしても、安倍総理にしても、総理になってから靖国参拝をしたので諸外国から非難されたが、陣笠時代に何度参拝しようと、どこからも文句は出なかったはずである。そうおもえば腹の虫もおさまる。

作家になってから、人生というものを深く見つめるようになってきた。自分の人生ももちろんであるが、他人の人生にも、作家以前とは別の見方をするようになった。

普通の暮らしをしている人間は、人生などというものは深く見つめない。毎日の生活や、それぞれの責任と義務を果たしながら生きていく。日常の暮らしというものがいちばん幸せなのであり、日常が破綻したとき、初めて自分の人生を見つめることが多い。幸福や怨恨よりも、不幸が人生を深く見つめさせ、改めておのれの半生を省みる。

人間は毎日、不幸を見つめて生きていけない。人間は不幸に取り囲まれていると慣れてくる。不幸の耐性ができた人間は強い。だが、耐性ができる前に潰されてしまう人も少なくない。

小説を書くようになってから、自他共に人生を見つめるようになって、幸福な人よりも不幸な人が多いことに驚いた。

一見、幸福そうであっても、ほかに不幸を抱えている。本人は健康でも家族が病気であったり、問題を抱えていると、精神の安定は得られない。

ようやく八方円満に、幸福になったとおもうと、本人が不治の病いを宣告されたりする。

人生はへこんだボールのようにへこみを直すと、別の部位がへこむ。神は人生のどこかに不幸のへこみをつけて、帳尻を合わせているように見える。

どこにもへこみがなく、八方円満の人生は小説の題材としては面白くない。小説は（私の作品だけではなく）人生の不幸を探しているようである。

それは他人の不幸を喜ぶよりも悪いかもしれない。だが、人間を描くことを第一義とする小説において、人間の不幸を避けて通ることはできない。

そして人間は不幸を愛している。八方幸福な小説よりも、不幸を扱った小説の方が断然多く、読者が多いことも、人間が不幸と表裏一体であることを示す。

『魂の切影』においては、余命数ヵ月と宣告された歌人・宮田美乃里氏に密着して取材し、その生と死を素材として書いた。まさに死屍に群がるハイエナのような所業である。

宮田美乃里氏との関わりについては詳述したが、人生、特に人間の不幸を目の当たりにする都度、これを書かなければ作家になった意味がないとおもいつめるほど、作家の業のようなものをおぼえるようになった。

小説作家、特に「語り部」系の作家は劇的な物語を書いているが、作者自身の生活は意外に単調である。

取材旅行に飛び出すことはあっても、作家の主たる仕事場は書斎である。つまり、自分一人の穴である。穴は深いほど沈潜できる。

テレビや講演やキャンペーンに狩りだされると、華やかな外界の興奮が残って、もとの穴に戻れなくなる。

作家によっては破滅的な生活の中から作品を紡ぐ者もいるが、自分のペースで書けばよい大家、巨匠は別として、まず作品を新聞や雑誌等のメディアに発表するケースが多い日本の作家は、不規則で破滅的な生活をしていては、アナをあけて（原稿を落とす）しまう。

文芸作品の場合、一般的な商取引とちがって、書いてくれ、書こうという編集者と作家のあうんの呼吸によって成立する。機械とちがって人間が書くのであるから、約束をしたものの、書けないこともある。だが、書き下ろし（原稿から本にする）と異なり、雑誌や新聞に執筆する場合は、書けないではすまされなくなる。

『人間の証明』のブレーク以後、私の人生は次第に作家として定着していた。連載は新聞、週刊誌、月刊誌等、十本を超えることもあり、毎日が締め切りのような状況であったが、そういう生活に慣れてきていた。

修羅場を何度も潜ったので、次から次へ押し寄せる仕事の大波に呑まれそうになることがあっても、なんとかなるという火事場の度胸のようなものが身についてきた。

頭の中には、常に複数の作品世界が渦を巻いている。登場人物が錯綜して、時折混同しかける。だが、ゲラ（掲載前の初校）にする前に気がつく。その辺は職業的な習熟であろう。

人生はほぼ日常の暮らしによって支えられている。武士や冒険家は、戦争や訓練や冒険が日常であろうが、一般市民の日常は、ほぼ判をついたような毎日の暮らしである。

起床はおおむね午前八時。顔をブルルンと洗い、鯖のエッセンスと生ローヤルゼリーを飲んで仕事場に入る。約二時間、その日の仕事に通路をつけておくと、午後の仕事がやりやすくなる。

朝食は十一時。気泡のあいたフランスパンに塩味のきいたバター、ヨーグルトに黄粉と黒胡麻を混ぜ、卵半個、人参とじゃが芋のサラダ、グレープフルーツ半個、りんご、桃、玄米酵素。これに昔の忍者丸のような梅干のエッセンス。デザートにチョコレートのかけら。最後にプロポリスの原液で仕上げる。これがおおむね私の朝食メニューである。

Ⅷ

写真俳句からおくのほそ道へ

自由と束縛

すでに定評ある名作も、時間の経過によって固定されただけであって、読者は疑いをもって本と向かい合うべきである。定評と名作は、常に鋭い読者の感性と眼力にさらされなければならない。

だが、多数の読者を獲得するためには、ビジネスが入り込む。ともかく私は、幼いころから志望していた作家の端くれになった。作家になって最も嬉《うれ》しかったのは、この世界に階級がないということである。

昨日今日の新人でも、大家であっても、同等である。出版社の待遇は異なっても、軍隊や会社のような階級はない。

こんなことがあった。新人作家としてようやく加速度がつきかけたとき、編集者に連れて行かれた銀座のクラブで、松本清張氏と一緒になった。編集者が、

「清張先生がおられるから、挨拶《あいさつ》したらどうか」

と私に勧めた。生意気盛りの私は、

「私は清張先生から原稿料や給料を一円ももらっていない。先生は上司でもなければ、私は部下でもない。挨拶に行く必要はありません」

と断った。

業界でどんな偉い相手であっても、家来や子分でもない者が、なぜ自ら平身低頭しなければならないかと、九年余り客と上司に頭を下げつづけていた私は、自分以外のだれにも忠誠を誓わない、自由の大海に泳ぎ出た解放感から、意気軒昂《いきけんこう》たるものがあった。だが、今にして、上司や先輩に忠誠を誓わずとも、礼儀というものがあることを忘れていたのである。

その後、反省した私は、初対面の新人作家にも、私のほうから挨拶に行くことにしている。

作家になってから、自分がこれまで所属していた組織や会社が、構成員や社員に対して、過保護といえるほど厚い庇護《ひご》をあたえてくれたことを知った。

ある程度知られた組織や会社の名前を肩書に刷った名刺を示すだけで、社会は信用してくれる。そのポリシーに忠誠を誓う限り、野垂れ死にはしない。前例と規則に従っていれば、生活は保証され、仕事の職材は会社が提供してくれる。組織や会社の偉大な力や人脈、情報網も利用できる。

独立、あるいはリタイアすれば、ボールペン一本、便箋一枚すら、自分で用意しなければならない。独立直後の個人名など、だれも知らない。自由を売った代償として、人生を保証されていたのである。自由の大海は危険に満ちているが、同時に、無限の未知数（可能性）が犇《ひしめ》いている。

作家になってもう一つ嬉《うれ》しかったのは、朝、好きな時間に起きられることであった。だれからも強制されず、起きたいときに起きる。宮仕えと異なり、一分一秒すべて自分のために使える。早起き、あるいは不眠不休の日があったとしても、強制されない。すべて自分の意志から発したことである。不規則な生活も、作家であればこそできる。

だが、多年の宮仕えの習慣から、規則正しい生活のほうが体調や効率によい。宮仕えと同じバイオリズムであっても、自主的な規則正しい生活は、決して苦にならない。作家は運動不足に陥りやすい。執筆中、作品世界に嵌《は》まり込んでしまうと、自分の穴に深く深く潜り込んでいくだけで、ほとんど運動をしなくなる。当然、飲食も不規則になる。

このままでは、自分が掘った穴に自らを埋め込んでしまうと気づいて、散歩をするようになった。知り尽くしている町内をただ歩き回っても、面白くもおかしくもない。そこで出会ったのが、俳句であった。

角川歴彦氏からおくのほそ道へ誘われる

散歩中、出会った人や、耳目に触れた風景や現象を俳句に詠む。同じ町内であっても、季節、時間、天候等によって異なってくる。その場で起句する場合もあれば、帰宅してから立句することもある。時間をおくと、出会った句境、句材を忘れてしまう。そこでおもいついたのが写真であった。句材をカメラに定着し、帰宅後、写真を見ながら、改めて起句する。先写後吟である。これをHP（ホームページ）に掲載したら、途端にアクセスが増えた。編集者の目に留まり、出版されて、ケータイ（カメラ付き）の普及に乗って、全国に拡大された。

マスメディアが「写真俳句」と称《よ》んだが、その呼称はすでに先行したものがあり、私は句にエッセイを付けて、写文俳句と名付けたつもりであったが、いつの間にか写真俳句が一般的な呼称となった。

写文俳句と名付けたきっかけは、松尾芭蕉《ばしょう》の『おくのほそ道』と、蕪村の画俳（俳画）である。『おくのほそ道』が俳句の聖書のようになったのは、俳句（当時は俳諧）に、屈指の名文、旅中の紀行文を添えたからである。俳諧と名文が一体となって、『おくのほそ道』が生まれたといえよう。

　また、俳人と画家が同一人物であり、俳句と絵画がジョイントした俳画は、蕪村によって完成されたとされているが、俳諧の二人の大先達による俳句プラス・エッセイ・プラス絵を、今日の写真に変えて、三位一体化すれば、新たな表現が生まれるのではないかと、意識の奥に閃いた。そして、写文俳句なるものを創作し、さらに写真俳句となって、全国的に広まった。いまや写真俳句は、グローバルに拡大されつつある。

　写真俳句の妙味は、ケータイ電話から発展したスマホ時代、だれでもその機能の一つのカメラを所持し、ＰＣ《パソコン》と連結することにより、広く表現できることである。経費《コスト》も安い。

写文俳句が軌道に乗りつつあった時期に、大きなチャンスが訪れた。KADOKAWAグループ会長の角川歴彦《つぐひこ》氏から、おくのほそ道を芭蕉の足跡を追いながら、芭蕉の名句に対応する今日の俳句を詠んでみないかと持ちかけられた。

おくのほそ道の全長、約千八百キロ、迂回《うかい》や重複を含めると二千四百キロ、蕉跡（芭蕉の足跡）を追って、俳人でもない私が、俳聖と称ばれる芭蕉の名句に挑めと言われて、即答はできなかった。

おくのほそ道は日本のロマンティック街道だが、地域ごとに切断されていて、連続していない。せっかくこれほどの文化遺産を抱えながらぶつ切りにしているのは、なんとしてももったいない。

芭蕉がおくのほそ道を、深川から発して、結びの地大垣まで旅したことは確かであるが、芭蕉が歩いた道は、必ずしも忠実に保存されていない。後世代に推測されている細道である。芭蕉は、千八百キロないし二千四百キロの長途を、百四十日かけて歩いた。

今日、それだけの日数をかければ、世界を何周もできる。

最初はたじろいだ私であったが、こんな凄《すご》い機会はないとおもい直した。角川会長も同行するという。そしておくのほそ道を五エリアに分けて、蕉跡を追うことになった。最初に訪れたのは、代表作「夏草や兵どもが夢の跡」と詠んだ平泉である。悲運の英雄、義経終焉《しゅうえん》の地となった高館《たかだち》に立った。

さしたる高台ではないが、束稲《たばしね》山の麓を蛇行する国道4号、平泉バイパスに車列が連なり、「夢の跡」を蹂躙《じゅうりん》するように見える。そこで

おもいもかけず、

夏草や車列乗り打つ夢の跡

の一句が生まれた。乗り打つとは蹂躙するという意味である。句の出来はともかくとして、芭蕉には絶対詠めない句である。この一句によって、これまでのためらいが消えた。

江戸期にはなかった機械文明の力、速度や記録、通信機器などを利用することによって、芭蕉には見えなかった未知の風景や、聞こえなかった情報や、知識などを加えて、対応句がつくれるかもしれないと考え直した。山賊や夜盗の危険もない。高速度交通機関によって見失った風景や、句材もあるかもしれないが、芭蕉の視野には入らなかった安全で広い空間や、時間を稼ぐことができる。

旅中、蕉句に対応するだけではない。蕪村の俳画に対応する被写体を撮影し、定着して、対応句とジョイントする。つまり芭蕉の杖跡《じょうせき》を、俳句、文章、写真の三要素によって構成した写文俳句が生まれたのである。

山村教室

我々より一世代、ないし二世代以前の作家たちは、作家村を形成して、仲良く共同生活をしていたらしい。今日は一匹狼《おおかみ》が多く、作家は、情報の伝達、自衛、社交、交渉、各種の活動等において世間知らずになるので協会を形成しているが、作家が集まると、例えば赤と黒が親しくなると紫になってしまうように、同色になりやすく、精神的には一国一城の者が多い。

一匹狼が寄り集まっても、せいぜい数匹であり、集団が苦手な者が多い。群れるのがいやで作家になった者も少なくない。そのような一匹狼環境の中で、特に親しくなったのが、私の乱歩賞授賞式の司会を務めてくれた山村正夫氏と、笹沢左保氏である。

二人共に故人になってしまったが、三人を結びつけた絆は、嫌いな人物が共通していることであった。敵の敵は味方というように、三人集まって酒を飲みながら、嫌いな人物をやり玉にあげるときほど盛り上がることはない。嫌いな人物には気の毒であるが、我々三人の固い友情の絆となってくれたのである。その意味では、嫌いな人物に感謝しなければならない。

山村氏から、新人作家育成の山村教室を引き継いだ約三年後、笹沢左保氏も山村氏の後を追うようにして、鬼籍に入ってしまった。笹沢氏を病院に最後に見舞ったとき、彼は私を見て一言、「恥ずかしい」と言った。

独特の美学を持つ笹沢氏にとって、病魔に取り憑《つ》かれ、窶《やつ》れた姿を見られるのを、すでに朦朧《もうろう》としかけた意識を奮って「恥ずかしい」とアピールしたのであろう。

「なにが恥ずかしいんだ。その調子なら、まだ何冊も書けそうだよ」

と私は励ました。

すると、その気になったらしい笹沢氏が、

「もう三、四冊書いてみるかな」

と言った。そして帰宅後間もなく、角川書店の山口十八良氏から電話があって、

「笹沢さんが発破《はっぱ》をかけられ、興奮して容体が悪くなった。奥様から、当分お見舞いは遠慮してくださるようにお伝えくださいと言われました」

そして、数日後、笹沢さんは逝ってしまった。

いまにして、奥様の制止を振り切ってでも、毎日見舞いに行けばよかったと悔やんだ。笹沢左保氏は、すでに〝社会の共有財産〟であり、ご遺族がなんと言われようと、生き延びたところで数日。〝日参〟すべきであった。

その後、新人作家育成の山村教室からは、上田秀人、坂井希久子、安藤東愛、土橋章宏、七尾与史、中村柊斗、成田名璃子、山内美樹子、井上凜《りん》、和喰《わじき》博司、三宅登茂子、中島久枝など、次代を担う有力作家が輩出した。

山村教室のみにとどまらず、山形市在住の池上冬樹氏の招請を受けて、柚月《ゆづき》裕子、黒木あるじ、吉村龍一各位の有力作家がデビューしている山形教室にも出向した。驚いたことに、東京からわざわざ山形に通っている受講生もいた。

山村教室ではエンターテインメント小説を主として習作を募った。次いで純文学を追究する受講生もいた。私が後継する前から、山村教室では受講生同士で作品を批評することは禁じられていて、今でも同じである。創作と批評はちがうという視点からである。

受講生は老若男女、二十代から八十代まで、学生から職人、会社員、現役、退職者がおり、職業も、医師（各科）、弁護士、新聞記者、TV関係者、SMの女王や裏ビデオのスター、気象予報士、公務員、フリーライター、美容師《メイク》、主婦などまさに人間万博である。的はプロの作家であり、趣味や時間つぶしなどで受講している人も少数ながらいる。それぞれが社会に参加している職業人でありながらなぜ作家になりたがるのか。

私観であるが、作家環境はタテ社会ではなく、階級や資格不要の水平社会であり、参加するための資本《コスト》もいらないからではないだろうか。上下、老新の礼儀はあっても、差別はない。フェアな構成である。

作家が協会やクラブ等に集まっても、集団構成は緩やかで、行動は自由である。それぞれに消えて行くのも自由であり、作家で「ありつづける」のは難しい。自由無き作家は、文奴（書く奴隷）にすぎず、表現者ではない。

「悪魔の飽食」合唱団

折から神戸市役所センター合唱団長田中嘉治氏より、『悪魔の飽食』をぜひ歌いたい。ついては、その歌詞を作ってくれないか、という提案を受けていた。

私は驚いた。『悪魔の飽食』のような非人間的な戦争の実態を、果たして詩化できるものかどうか。ためらっていた私に、田中氏は食いついて離れなかった。

一方では国賊、売国奴と称《よ》ばれ、片方では戦時中の非人間化を繰り返してはならないという『悪魔の飽食』のアピールを支援、協賛する人びとも増えていたのである。こうして『悪魔の飽食』の原詩が生まれ、池辺晋一郎氏と神戸市役所センター合唱団により合唱用に編詩されて、池辺氏の作曲による混声合唱組曲「悪魔の飽食」は生まれたのであった。

二〇〇五年八月二十一日から二十八日まで、七三一部隊のドキュメントに基づき作曲された混声合唱組曲「悪魔の飽食」第二次中国公演のために訪中した。二〇〇三年に予定していた公演旅行であったが、折悪《あ》しく中国のＳＡＲＳ騒動で二年延期になったのである。だが、訪中を控えて、中国各地に拡《ひろ》がった抗日デモのために訪中が危ぶまれた。今回の訪中計画は一九九八年八月の第一次公演を踏まえて、日中両国関係者が数年越しに練り上げ、築き上げてきたもので、再度繰り延べとなれば、両国関係者にあたえる失望は大きく、訪中の機会を逸してしまうかもしれない。参加人員は合唱団員および応援団も含めて二百名に達し、気運も盛り上がっていた。中国側の熱い要請と相俟《あいま》って、いまさら取り止めることはできなかった。

幸いにしてデモは鎮静し、八月二十一日の出発となったのである。

第一次訪中では、七三一部隊の現地、哈爾浜《ハルビン》と瀋陽《しんよう》において公演したが、今回は北京および南京での公演を目的としていた。北京は首都でもあり、また南京は大虐殺の現地でもあるので、七三一部隊に対する関心も高く、「悪魔の飽食」公演に寄せる現地の期待は非常に大きかった。

七三一部隊は細菌兵器開発のために人体実験によるホロコーストを実行し、アウシュビッツと並ぶ戦争犯罪とされている。

全国からの公演旅行参加者は、東京、大阪、福岡から出発して、上海で合流した。福岡—上海間は三十五分という短い飛行時間に驚いた。

八月二十二日、上海からバスで南京に移動した一行は、大虐殺の現地ということでたぶんに緊張していたが、南京市の熱烈な歓迎にほっとすると同時に、大いに勇気づけられた。大虐殺の現地でありながら、南京市は非常に親日的であり、名古屋市と姉妹都市の縁組を結んでいる。

中国全土に抗日デモが燃え広がっているとき、南京市では逸速く、デモの拠点になりやすい市中の各大学に呼びかけ、日中両国の友好関係の重要性を説いて、デモに参加しないようにと呼びかけたそうである。そのために南京ではデモは起きなかったという。

中国に来て意外であったことは、日本で連日、大きく報道された反日デモに、中国の一般国民がほとんど関心がなかったことである。そんなデモがあった事実すら知らない人も多かった。中国国内ではあまり報道をされなかったこともあるが、マスコミの影響力と誘導力の大きさを改めておもった。

八月二十三日、公演に先立ち、南京大虐殺記念館を見学した。館内には累々たる大虐殺の被害者の遺骨と共に、写真や各種資料が展示されている。おもわず目を背けたくなるような凄惨《せいさん》な展示を、日中両国民が肩を並べて見学している。被害者が殺害されたとき、後年このような光景を想像し得たであろうか。

展示されている遺骨から、戦争によって無法に命を奪われた犠牲者たちの無念が惻々《そくそく》と迫ってくるようであった。だが、まだ地中には発掘されない無数の遺骨が埋まっているそうである。その犠牲者たちは、どんな非道や不条理によって殺害されたのか、またその人たちが、かつてこの世に存在したことすら知られずに地中に土と化してしまうのである。それは二重の無念と言えよう。

加害者がどんなに詫《わ》びても、被害者の生命はもはや戻らない。被害者に対するせめてもの償いは、加害の事実と、被害者の名前と、その存在を明らかにすることであろう。その方法は文芸、音楽、美術、映像、演劇、アニメなど形式を問わない。

幸いに人間は不幸や不条理を芸術に昇華する能力をあたえられている。不幸を芸術に昇華して、二度と、そのような悲惨な不条理を繰り返すことのないようにアピールすることが、被害者に対するせめてもの償いになるのではあるまいか。

被害者に二重の無念があるように、加害者にも二重の罪がある。加害の事実、および罪を隠すことである。加害者は罪の上に新たな罪を重ねてはならない。

南京では中国共産党江蘇省委員会宣伝部長・孫志軍氏以下の全市挙

げての歓迎を受けた。また北京においては中国人民政治協商会議副主席・張克輝氏以下から歓迎の挨拶《あいさつ》を受けた。台湾出身と自己紹介した張克輝氏が、流暢《りゅうちょう》な日本語で戦時中、日本軍の塹壕《ざんごう》掘りの使役をしていたと淡々と語ったのが印象的であった。

混声合唱組曲「悪魔の飽食」は十六章から成る私の長大な原詩を、池辺晋一郎氏が七章に編詩して作曲した。第三章「赤い支那靴」では七三一部隊に捕らわれて死を覚悟した囚人マルタが、中秋節には家に帰って娘と一緒に月見をするという約束を果たせなくなり、獄中でつくった赤い支那靴を隊員に託して、もしも娘に会うことがあったなら、この靴を渡し、父はおまえになにも残してやれないが、せめてこの靴を履いて遠くまで歩いて行っておくれと伝えてくれと頼む場面を切々と歌い上げる。

また第五章「三十七年目の通夜」では、毒ガス実験の被検体にされたロシア人マルタが幼い娘を庇《かば》いながら絶命する。間もなく母を追って死ぬ娘に、隊員は自分の娘を重ねてしまう。

百十八人の団員、および阿部百合子氏と現地の少女によって演じられる迫真のマルタ母娘と連続する劇的なシーンに、創作ではないかと疑われることもあるが、すべて事実に基づいて書かれたドキュメントから構成されている。

最終章は一転して、「一人になってはならない。一人にならないために、私たちは集まろう」と力強く唄《うた》い上げる。

明るい未来の予感に満ちたラストメッセージを、全聴衆が固唾《かたず》を呑《の》むようにして聴き入る中、団員と聴衆が一体となって終幕《フィナーレ》を迎える。池辺晋一郎氏指揮による「悪魔の飽食」の演奏が終わった後も、感動した聴衆は会場を立ち去らず、舞台に駆け上がり出演者と抱き合ったり、手を握り合ったりして交歓した。

この合唱団はなんの強制も圧力も受けない、参加者の自由意思による公演である。軍事的、政治的色彩とビジネス的な意図のまったくない被害国と加害国の民間交流が、友好関係の再建に最も重要であることを実感した旅であった。

真の平和とは、単に戦争がない状態ではない。戦争が絶対に起きないという保障システムが確立されて、初めて平和といえる。その保障システムの構築に政治的、軍事的おもわくから離れた民間レベルの交流が大きく貢献するであろう。私はベルリンの壁を崩したのは戦車や大砲ではなかったこととおもい合わせた。

だが、『悪魔の飽食』発刊後、三十余年後の今日に至っても、インターネット上に『悪魔の飽食』は贋作《がんさく》、模倣であるという書き込みが載っている。ネットの書き込みには署名がない。署名がない人間の言動や非難は、自分の言ったこと、行ったこと、書いたこと、撮影、他人の非難、中傷、妨害などについて一切責任を持たないということである。脅迫状の大半も匿名であった。

匿名や偽名で他人を攻撃する者は、無責任であると同時に卑怯《ひきょう》である。戦時中の大本営発表も嘘《うそ》ばかりで、国民を騙《だま》しつづけていた。憲法九条の解釈改憲も欺瞞《ぎまん》の色が濃い。

戦後七十年の日本

文化的平和を捨てた日本が欧米列強に追いつき追い越せの国家的意志に基づき、軍事力を最優先し、軍部が権力を握り、シビリアン・コントロールを失ったとき、基本的人権を剝奪《はくだつ》された。軍事力最優先国家にとって国民は軍の補給源となり、国民一人一人の自由は許されない。

国民精神総動員、八紘一宇《はっこういちう》、日本を家長にして世界を家族にする野望を妨げるものは、国民の自由である。精神の自由、反戦平和主義などは国のポリシーに反する非国民であり、国賊である。当然、文芸者(作家)、画家、音楽家、報道機関なども、「八紘一宇(日本が世界を征服して天下泰平にする)」のために協力を強制される。非協力的な者は反日、売国奴として弾圧される。

「八紘一宇」を目指した人には、国内では信長や秀吉や家康。海外ではチンギス・ハン、スターリン、ナポレオン、ヒトラーなどがいる。彼らは権力を私物化して、世界統一の覇者たる自分に反対する者をすべて圧殺してしまう。つまり、民《たみ》の自由は、覇者の天敵である。軍事力を強化しながら政治権力を乗っ取り、国領を拡大するために国民の自由を圧殺、マインド・コントロールして国民の協力を強制する。こうして独裁者は、自由と平和を愛する者を徹底的に弾圧する。

その弾圧に負けて国民は集団催眠をかけられ、表現者は独裁者に協力した。例えば作家や映画製作者、俳優、画家、歌手などは戦意高揚的作品を提供し、軍歌を歌い、マスメディアは提灯《ちょうちん》報道をする。自由を絶対的条件とする表現者は自由を失えば、すでに表現者ではなく、軍事政権の手先となってしまう。

一九四五年八月十五日の敗戦によって、日本全国民を権力の補給源としていた軍は崩壊した。そして基本的人権を保障する新憲法が生まれた。特に九条は、日本建国以来千年余の日本を破壊した軍国主義を徹底的に解体した。九条こそ永久不戦を誓った日本再生の支柱である。その支柱が、戦争を知らない国民が大多数になりつつある今日、最高責任者の暴走によって、揺れつつある。

しかも、元朝日新聞記者を慰安婦報道に関して、本人、および家族、勤務先の大学の学生などまでも匿名で暴力的に脅迫し、国賊、売国奴、非国民などとヘイトコールしている。匿名で他人の基本的人権を攻撃する者は、自分の言動に責任をもたない卑怯《ひきょう》な人間であることを自ら広告している。民主主義の根幹である表現や教育の自由を暴力的に脅迫している。国賊、非国民、売国奴、反日などの言葉は、戦中、反戦平和をアピールした自由主義者、社会主義者、共産党員などに投げられたヘイトコールである。

戦後七十年にして甦《よみがえ》ったヘイトコールは、自分の顔に唾を吐くようなものである。朝日新聞の誤報に集まった「朝日バッシング」に、あろうことか他のマスメディアが、国賊、売国奴のヘイトコールを再集中した。戦争犯罪は、「あった」に対して、必ず「なかった」という反論が寄せられる。

たとえ誤報があったにしても、「なかった」派は「あった」派のすべての記録、映像、証言、著述、目撃者などの主張を覆す反証を挙げなければならない。その挙証責任が不十分である。不十分のままヘイトコールをしている。

九条が揺れる今日、ヘイトコールを投げつけられる者は九条擁護者ということになってしまう。手前勝手な罵倒の言葉の源泉も調べず、ヘイトコールをする資格も権限もない。

表現の自由、戦前・戦中、反戦平和・自由を求めた者は、むしろ理不尽な時代の弾圧、拷問、投獄、殺傷などに耐えた英雄である。

最高の愛国心とは、あなたの国が不名誉で、悪辣《あくらつ》で、馬鹿《ばか》みたいなことをしている時に、それを言ってやることだ。（作家・ジュリアン・バーンズ「ザ・ビッグイシュー日本版」２５４号）

Ⅸ　慟哭する日本列島

阪神・淡路大震災――唇に歌を、心に勇気を

一九九五年一月十七日の朝、平常どおり起床すると、顔色を変えた家人が、「神戸が大変よ」と告げた。まだ眠気が残っている眼をＴＶに向けて、仰天した。

大都市が炎に包まれ、黒煙が空を覆っている。中心街のビルは歪《ゆが》み、くねり、道路は至る所で陥没し、交通は麻痺《まひ》している。私は束《つか》の間、パニック映画のスペクタクルシーンを見ているのかとおもった。だが、

目の前に展開される映像は現実であり、破壊と被害が拡大されていく。大阪に就職して約一年住み着いていたので、神戸市域には友人が多い。中でも『悪魔の飽食』を歌に甦《よみがえ》らせた恩人、神戸市役所センター合唱団長田中嘉治氏以下、団員が大勢住んでいる。彼らの安否が案じられたが、連絡はつかなかった。

大震災の被害は拡大をつづけ、死者、負傷者、行方不明者の数が鰻《うなぎ》登《のぼ》りに登りつづけている。被災地に駆けつけた人びとも現地に近づけず、手を虚《むな》しくしたまま帰って来る人が多い。全国、世界から集まって来た人びとも、受け入れ態勢のないまま独自に動いている。

震災発生後から約一ヵ月が過ぎて、ようやくシステム化された避難所の一つに居合わせた田中団長と連絡が取れた。その年、団は三年がかりで、終戦五十年記念に相応《ふさわ》しい平和作品を課題曲として用意していた。

本年の課題曲はしばらく保留にして、ただいま渦中にある震災を歌うときではないか。いま多数の被災者や、失われた人びとに対して、少しでも再生の意欲、精神的支援を差し伸べるための鎮魂組曲を、神戸市役所センター合唱団が歌わずして、だれが歌いますか、と提言した。

すでに何年も準備してきた課題曲の路線変更提案に、田中氏は即答できなかった。間もなく田中氏から電話があり、

「鎮魂組曲の原詩をぜひ作ってもらいたい」

と要請された。

鎮魂曲を提言した私であったが、原詩は地元の詩人に委嘱すると考えていた。束の間、返答をためらったものの、言いだした私は引き受けた。作曲は、もちろん池辺晋一郎氏以外にはいない。

提言当時、被災者は日常の生活を失い、生存状態にあった。生存に最も必要なものは、水や薬品や可食物（食べられるもの）や情報であり、詩や文芸や、趣味や嗜好《しこう》品や、おしゃれや娯楽などではない。こんなときに鎮魂組曲の取材に歩きまわっていれば、不謹慎である。だが、肉体の応急手当ができれば、次は必ず精神の再建が求められる。現に被災地のニーズは水や可食物から、お湯や温かい食物や、化粧品や濡《ぬ》れティッシュなどに、時間の経過と共に変わりつつある。

こうして団員たちの協力を得て、鎮魂組曲の取材と詩化が始まったのである。私は災害レポートを書くつもりはなかった。宣戦布告によって開戦し、非人間的な生活を日常としなければならない戦争と異なり、平和な日常を過ごしていた人びとが、ある日突然発生した震災によって、覚悟も準備もなく、家、財産、仕事など日常を失った被災者本人や家族、親戚、友人や関係者などに再生のきっかけを与える作品を求めていた。

事実の記録に想像の介入する余地はないが、体験しなければわからない被災者の心理に、作家の想像力の介入は許される。すべてを失った被災者は、体験や記憶までも失うことがある。作家は被災者の心の空洞を、多少なりとも補塡《ほてん》することができるかもしれない。

単に事実の再生だけであるなら、コピーになってしまう。コピーではなく、阪神大震災を永遠の詩として心に刻み、苦難を克服して、絶望のどん底から立ち直っていく姿を、人間再生の証明史として組み立てたいとおもった。絶望していない者が、絶望している者を再生させる。未体験者が同情のあまり、体験者に引きずり込まれることもある。だが溺れている者を救う者は、溺れてはならないのが鉄則である。

詩で家は建てられないが、人間の精神を再生することはできる証となるような詩を作りたかった。及ばぬまでも、近づきたいという気持ちである。

こうして「阪神大震災鎮魂組曲」の原詩が完成した。その一部である。

第二章「慟哭《どうこく》」

瓦礫《がれき》の下にまだ人がいる
「そこにだれかいるか
いたら返事をしろ」
救いを求める声が聞こえなくなった
　生き埋めの声なき人を後にして
　　火の手に向かう我は鬼なり（詠み人不明）

（中略）

第四章「手紙」

東灘区役所市民課
死亡届　一日三百件
市民課係長
おもわず仕事の手を止めた
息子と同じ年頃の少年が
両親の死亡届を差し出していた
「頑張れよ」
（中略）

〈少年の手紙〉

ぼくは自分だけが助かったとき
父、母、祖母の三人が
自分の生命を使って助けてくれたと
信じていました
ぼくは三人の分
強くいきていかなければならないと
おもいました
ネバー・ギブアップ、あの言葉
今後、人生の教訓にさせていただきます
沢野健太郎

（中略）

第七章「私の息子」

息子の名前は上仲大志
一九九三年七月十五日出生
一九九五年一月十七日死去
大志ちゃん
私の胸に、まだあなたの温《ぬく》もりが
残っている
あなたに会いたくなったら
ママはひとりで涙を流すの
涙の底に、あなたの笑顔が映るから

どうぞお願いです
ほんのひとときを思ってください
大志という命が
この世にあったことを
短い命を一生懸命生きた
あの子のことを
逝ってなお
生きていく意味を私に教えてくれる
(中略)
第八章「わが街よ永遠《とわ》に」

私たちは見た
私たちは忘れない
みんなで分けあった
たったひとつのおにぎり
（中略）
六千四百の魂よ
安らかに眠れ
（中略）
私たちはいま
誓いと再生の歌を歌います

太陽が明るく輝いているから
山がいつも変わらない姿を見せているから
そして浜や川には
水鳥たちが今年も
にぎやかに、楽しげに群れているから
私たちはいま
誓いと再生の歌を歌います
わが街よ
永遠に

強制連行労働者

一九九九年十月初旬、北海道大学の神沼公三郎教授の招請を受けて、名寄市で講演した際、空知民衆史講座代表の僧侶・殿平善彦氏から、朱鞠内《しゅまりない》湖畔・旧光顕寺に戦時下の朝鮮人強制連行労働者の遺骨が安置されていることを聞いた。

朱鞠内湖は北海道北部幌加内《ほろかない》町最北に位置する朱鞠内ダムの建設によって生まれた人造湖である。日本最寒のマイナス41・2℃を記録し、積雪3メートルに達する極寒の地である。

私は殿平氏の案内で、早速、旧光顕寺の納骨堂に赴いた。そこに並べられていた約九十基の位牌《いはい》に息を呑《の》んだ。位牌といっても、明らかに手作りと知れる木片を組み合わせた上に、死者の名前を書いたものである。中には台座のない一枚の板だけのものもある。そこに戒名、俗名、享年、死亡年月日が数字で記入されている。戒名もなく、俗名が書かれたものや、俗名不明のまま「殺害された朝鮮人男性三人の霊」と記された位牌もあった。

これらの位牌の主は、軍の指令によるダム工事のため強制連行された朝鮮人労働者である。彼らは極悪な生活環境と労働条件の中で強制労働に従事させられた。過酷なタコ部屋労働によって連日のように出た犠牲者の遺体は、展示室となっている本堂に一夜置かれ、山中に埋められた。本堂の畳は乾く間もなく腐り、床が抜けたと聞いて、私は鬼気迫るものをおぼえた。

位牌は当時の戦前の住職が、わかる限りの死者のためにつくったと推測されている。

この話を聞いた殿平氏らが、昭和五十五年（一九八〇）五月から、犠牲者の遺骨発掘を行ない、私の訪問時までに十六体の遺骨を発掘したということである。

当時、北海道朝鮮人強制連行労働を日本の恥として、北海道全域に強制連行労働者の救済委員会が密《ひそ》かに組織され、労働者の逃亡を援助していたという。援助したことがわかれば、非国民、売国奴として自らが処刑されてしまう。実際に救済委員会のメンバーであることが露見して、強制労働に就かされた地元住民もいた。

だが、救済委員会は当時の日本人として最大限の良心であった。私は殿平氏の話を聞いている間、次第に血が熱くなってきた。殿平氏から話を聞き、大量の資料を提供された私は、『笹の墓標』を書いた。

現在でも朝鮮人強制連行労働被害者の遺体発掘作業はつづけられている。

『悪魔の飽食』を書かなかったならば、殿平氏に出逢《あ》うこともなく、戦時下の朝鮮人強制連行労働者の存在も知らず、『笹の墓標』を書くこともなかったであろう。

『笹の墓標』というタイトルは、被害者の遺骨や位牌、遺品、解説資料を集めた旧光顕寺の本堂が「笹の墓標展示館」とされていることに因《ちな》んだものである。

作家の生命は思想・言論・表現の自由である。これを制約されると、作家は窒息してしまう。それだけに表現の自由に対して敏感である。特に戦時中、読む本、綴《つづ》り方（作文）すら制限された体験を持っている私は、表現制約アレルギー症がある。

政治権力が独裁性を帯びてくると、表現の自由はいとも簡単に抹殺される。民主主義という政治形態は脆《もろ》い。なぜなら、思想の自由を許すので、敵対思想も容認しなければならない。反対思想を許さなければ、真の民主主義とは言えない。その天敵を体内に孕《はら》んでいる非常に脆い政治形態である。

民主主義は体内に孕む天敵に対する疑惑と警戒の上に成り立っている。それを維持するための努力を怠れば、ますます衰える宿命を持っている。作家のみならず、言論や表現に関わる仕事をしている者は、民主主義が倒されれば、自由な言論や表現活動ができなくなる。そして、ひと度反対思想に倒されれば、思想の自由が許されなくなるので、再び民主主義を手に入れるためには長い期間と、大量の血を流さなければならない。

戦時中の経験に加えて、『悪魔の飽食』は民主主義の尊さを改めて実感させた。そして、作家は本来的に反体制であるべきであるということを学んだ。

文芸を含む芸術のすべては、多数で共有すればするほど、その価値を増すという性質がある。それに対して権力、特に政治権力は独占しなければ意味がない。権力と芸術は正反対の位置にいる。

特に言論や表現に関わる分野は、政治権力におもねたり、その御用提灯《ちょうちん》となると、かつての戦前、戦中の日本のように、マスコミはすべて政府の提灯報道をするようになり、文芸も御用（戦時中は戦意高揚）小説を書くようになる。恋愛小説などは軟弱として圧迫され、時には発禁処分となる。

作家は書きたいもの、表現したいものを自由に書けず、表現できなくなる。時の政府がどんなに善い政治をしていても、ジャーナリズムや作家は常に反体制の立場から政府を監視する位置にいてちょうどいいのである。ジャーナリストや作家が体制側に与《くみ》することは、表現の自由の首を自ら絞めるようなものである。

戦時中軍事小説が幅を利かし、大衆小説、特に男女が絡む恋愛小説や風俗小説は俗悪な小説として圧迫された。図書館にはエンターテインメント系の小説はなく、良い小説、いわゆる純文学だけが置いてあった。純文学の体裁を取ると、敵性であったはずの米英仏文学も堂々と書架に並べられていた。

東日本大震災——文芸は無能か

阪神・淡路大震災（一九九五年一月十七日）から十六年後、二〇一一年（平成二十三）三月十一日午後二時四十六分十八秒、東日本大震災が発生した。

『おくのほそ道』蕉跡を追う旅を終えて間もなく、私は都心に用事があって午後二時少し後に帰宅した。そして、いまだかつて体験しなかった震動に出あい、二階の仕事部屋の書架から八千冊に近い蔵書が滑落しながら、みるみるうちに床を埋めていく場面《シーン》を茫然《ぼうぜん》として見つめていた。

第一震がようやく衰えかけたときを狙って、足の踏み場もない仕事部屋から一階におりると、家人がテーブルの下に潜り込んで震えていた。まだこの界隈《かいわい》では停電に至らず、報道によると、震源地は東北地方太平洋沖、マグニチュード8・8、都心でも震度5強を観測したと伝えている。間もなく全面的に停電になったが、唯一の情報源として残ったポータブルラジオによると、岩手、宮城、福島、各沿岸を想定外の巨大津波が連続して襲い、被害は凄《すさ》まじい速さで拡大しているという。すでに都内の交通機関はすべて麻痺《まひ》しており、通信は不能になっている。

阪神ほどではないが東北の被災地域には友人がいる。『おくのほそ道』の蕉跡は、石巻をかすめて平泉に向かって左折している。時間の経過と共に被害の規模は大きくなり、止《とど》めを刺すように福島第一原子力発電所が津波のダメージを受けて、放射性物質漏出の危険が報じられた。地震の規模、東北三陸沿岸のほぼ全域に膨張する被災地、被災者の数など、阪神大震災の被害を超える完膚なきまでの蹂躙《じゅうりん》と破壊が、原子炉のダメージを伴って途方もない大きさで列島を覆いつつあった。

作家の多くは、阪神・淡路大震災時とは異なるペンの無能を感じた。どんな励ましや祈りや、弔意などの文字を連ねても、家族、家、財産、仕事、友人、町や村、動物、日常などまですべてを失ってしまった被災者には、作家の武器である文字や言葉はなんの役にも立たない。つまり、文芸は絶望に対して無能であることを知った作家の虚無感である。だが、阪神大震災被災者の再生をつぶさに見てきた私は、そうはおもわなかった。

被災直後の被災者は、すべての喪失による虚脱と共に、日常の生活から生存のどん底に叩《たた》き落とされた。私自身、戦災を体験しているが、両者には大きなちがいがある。自然災害は突然発生し、平和な日常から、生存のどん底に突き落とす。それに対して、戦争は長期にわたりやすく、交戦中の国民は馴《な》れてしまう。つまり、戦時の生存が生活になる。

文芸が天災の被災者に対してなんの力も持っていないと虚脱する作家は、生活と生存を混同しているのである。天災によってすべてを失った被災者は、生存から生活へと立ち直っていく。

神戸市役所センター合唱団員はすべて被災者であった。だが、彼らは徹底的な喪失から、「くちびるに歌を、こころに勇気を」を合言葉にして立ち直った。そして東日本大震災では被災地を訪問して「くちびるに歌を、こころに勇気を」を被災者とシェアすべく、避難所コンサートを始めた。

被災数日後、東京から駆けつけた女性俳人が主導して、句会を開いた。

「まんかいのさくらがみれてうれしいな――阿部竜成」

「身一《みひと》つとなりて薫風《くんぷう》ありしかな――佐藤勲」

「満開の桜に明日を疑はず――黛まどか」

次々に披講される句は、絶望を拒ね《は》返すパワーに満ちていた。最悪の体験すら句材にしてしまう精神力は、すでに生存から生活へ復活している。

さらに東北女性のパワーは、絶望の奈落の底に叩き落とされて間もなく、生存のために必要な可食物や医薬品と共に、化粧水を求めた。生活の拠点を失い、絶望の淵《ふち》にあっても女性として美しくあるべき権利を忘れない東北女性の復活力である。

どんな事態においても女性たるもの、生活と生存を区分する。そして生存中にあっても美しくある権利を放棄しないのであった。

X

永遠《とわ》の狩人

飢えた〝文狼《ぶんろう》〟

作家を志す者は、大なり小なり本来の自分に対する欲求不満や、将来の不安や理念《ビジョン》を胸中に抱えている。人間の基本的人権を悉《ことごと》く剥奪《はくだつ》し、聖戦と称して大東亜共栄圏（アジアの統一）、および八紘一宇《はっこういちう》（世界制覇）を国家的な意志とした当時は、国民精神を統一しなければならない。

国民の一人一人が自由の海を勝手に泳いでいたら、国家の意志を統一できない。軍人が政権を握った理不尽な時代は、読書の自由さえ許されず、作家志望者にとっては、作家としての精神を鍛える環境であったかもしれない。焚書《ふんしょ》（敵性の本は燃やす）同然の時代にあって、どんな本でも、あれば手当たり次第の乱読であった。私にとっては愛読書ではなく乱読書であった。読書の最大の敵は、戦時中の灯火《とうか》管制と、敵性本（米・英・仏等の文学）への弾圧であった。本を自由に、目が潰《つぶ》れるほど読みたいという欲求不満が、戦争と共についてまわった。

だが、図書館には世界文学全集の中に敵性文芸は堂々と生き残っていた。そして敵性本には伏せ字「××」はなかった。休日に敵性本を貪《むさぼ》り読む学徒出陣らしい見習い士官も見かけた。本に対する興味を植えつけてくれたのは、父方の祖母であった。祖母は父親以上に愛読家で、明治・大正の流行作家の本は悉く読んでいた。

祖母は肩が凝ると私に揉《も》ませた。そして、ご褒美として肩揉みの後、黒岩涙香訳の『巌窟王』（デュマ原作『モンテ・クリスト伯』）を読んでくれた。この壮大な復讐《ふくしゅう》小説は、私の幼い血を沸騰させるほど面白かった。そして次のページに固唾《かたず》を呑《の》むような場面で朗読をやめ、

「はい、ここまで。また明日、肩を揉んでくれたら読んであげるからね」

と祖母は言って、容赦なくページを閉ざした。私はその後の発展に血湧き肉躍らせながら、翌日、祖母の肩を揉んだ。祖母はいい気持ちになって、肩揉みにいちいち注文を付けながら、なかなか肝心の『巌窟

王』を読んでくれない。

私の乱読のスタートラインは、祖母が読んでくれた『巌窟王』であったかもしれない。

今日では図書館に行けば純文学からエンタメ、漫画、ドキュメント、史書、写真集、雑誌、記録音楽に至るまで、ほとんど揃《そろ》っており、読者の需要は水平線が見えないほど自由である。

だが、このような恵まれた読書環境にあると理不尽な制限を知らない読者は、本を空気や水のように、手を伸ばせば目に触れられるものと思っているようである。暗黒の時代にあらゆる自由を閉塞《へいそく》されていた読者は、買う本の条件として、中身よりはまず活字の多いほうを選んだ。二段組みでも、下半身が透け透けの本はまず買わない。内容よりも字数を重要視するほど、活字に飢えていたのである。だが、その飢餓感が私の作家としての礎《いしずえ》になった。

人間の思想や表現等の自由を圧殺した治安維持法と、今日の秘密保護法は酷似している。立法者がその創意を力説しても、特定秘密なるものは、知る権利、取材や思想や信念や理念などに至るまで拡大自由である。

私は今でも、登校時、校門で現人神《げんじんしん》＝あらひとがみ＝と渾名《あだな》された上級生に身体検査をされ、鞄《かばん》に忍ばせていた『金色夜叉』をきんいろよまたと読まれ、「この非常時にこんな文弱作品を読むのはけしからん」と没収されたことを忘れていない。当時、文芸はすべて文弱として忌避されていた。詩歌や俳句まで弾圧されていたのである。

戦争可能な国家の構造に変わりつつある現在、七十年前の理不尽な恐怖政治の経験を忘れて、マスメディアまでが政権の暴走に提灯《ちょうちん》を点《つ》けるようになってしまった。つまり、国民より国家が優先される構造に戻りつつある。

思想、表現の自由によって生きている作家たるもの、「この道」を非常時と称して、国民より国家を優先するような構造に二度としてはならない。護憲・改憲以上に、国民か、国家か、をまず問わなければならない。そして国家を、かつて一部少数の軍人が乗っ取ったように、裸の王様に乗っ取らせてはいけない。それがいまのところ、表現の自由を持つマスメディアや作家ほか、表現者の責任であり、使命であろう。

作家は作風や作家になった動機や、以前の職業や生活環境を基準にしてタイプが分かれる。一昔前は、同人誌を拠点にした作家や破滅型が多かった。

自らの心身を痛めつけるようにして、とうてい小説を書けるような環境ではないところに自分を追い込み、流連荒亡《りゅうれんこうぼう》、華やかな艶聞《えんぶん》を振りまきながら、作品数よりもエピソードの多い作家が群れ集まっていた。これを作家の特性として、寛大であった社会のシステムが管理型となって、出版社と作家の関係が信頼から契約に移った。

社会的変化とともに、作家のタイプも変らざるを得ない。同人誌を拠点にして、ひたすら文章修業に明け暮れ、既成作家の作品をこき下ろしながら這《は》い上がって来た作家集団に対して、まずは会社や組織で市民生活を送り作家に転じた脱サラ型。また、医師や弁護士や僧侶、技術者など特殊な知識や技術を持ったスペシャリストから作家になった転身（職）型。さらに、文芸の隣接分野である編集者、新聞記者、脚本家、コピーライターなどを踏まえて作家になった隣接型。デビュー後、しばらく鳴りを潜めて、突如、休火山が噴火したようにデビュー時を超える大活躍をする休眠型などがいる。

今日では、同人誌出身の破滅型はほとんど見られない。破滅の底から破天荒の結晶のような名作を拾い上げるのは無理である。そのようなシステムがすでになくなっている。以前は「書いてくれ」「書こう」

から始まった作品が、今日ではまず契約から始まる。そのほうが合理的で効率がよく、なによりも確実であるからである。

つまり、文芸（だけ）に限らず、芸道的なものは不確実視されていた時代であり、売り手と買い手が信頼で結ばれていた。いつ花咲くかわからぬ蕾《つぼみ》を気長に待ち、育成していた破滅型時代に比べて、今日では新人が三冊出版して、売れなければ引導を渡される。作品よりは売れ行きが重視される。

昇龍の雲

破滅型時代は、作家が出版社や編集者に甘えていた。作家の特権として暴れまくり、遊びまくり、いつ完成するかわからない。完成しても、必ずしも名作や傑作にはならない。作家だけではなく、およそ芸術的な創作者、表現者、役者などに許された特権であった。

今日はそんな特権はない。特権の代わりに、凄《すさ》まじいサバイバルレースが「この道」としてあたえられたのである。例えば、文芸の新人を選出するための文学賞は、地方自治体を含めて二百六十余に及ぶ。年間受賞者二百余人、そのうち生き残るのは数人とされる。

破滅型時代の登竜門は今日と比べてはるかに少なく、作家の弟子となって師匠の推輓《すいばん》によるデビューはあるが、そのチャンスは極めて少ない。原稿持ち込みも門前払いが多い。以前と比べれば今日のほうが登竜門は多いが、デビュー後、作家としての維持《メンテナンス》は厳しい。そして自分も、いつの間にかその厳しい道を歩いている。

私の場合、破滅型と契約型の両道を歩き、いまも歩いている。考えてみると、私は作家として破滅型の終末期、および契約型のサバイバルレース、戦争と平和、破壊と建設、弾圧と自由、困窮と余饒《よじょう》などの両極端を経験していることになる。一生多毛作に当たる。

これは一度限りの人生で、大いに得をしていることになる。また、作家の作品発表を基準にして、雑誌《マガジン》型ライターと単行本《ブック》型ライターに二分される。つまり、連載が得意な者と書き下ろし専門の作家に大別される。

作家として最も効率がよいのは連載の後、これを単行本にまとめ、新書、文庫と四回転させる。これを〝連単新文《れんたんしんぶん》〟と称《よ》んだ。

今日は文庫書き下ろしが多くなっており、連載しても〝単新文〟とつながりにくくなっている。〝文〟の後には電子書籍が待っている。ほかにライトノベル（お子様向き）が驚異的にマーケットシェアを広げている。

連載からスタートすると、画家とペアワークになる。画家との相性が作品に大きく影響して、小説と挿絵が一体となる。画《え》に助けられて読者のイメージが具体的になる。私の場合、推理は安岡亘氏、濱野彰《あき》親《ちか》氏、風俗は小林秀美氏、歴史・時代小説は堂昌一《どうしょういち》氏や鴇田幹《ときたかん》氏、海外を舞台とする作品は和田義盛の嫡流・和田義彦氏であった。最近は板垣しゅん氏が多い。

破滅型時代には作家のエピソードが多く、契約型になるとエピソードは激減する。考えてみれば、破滅型時代のほうが、文芸を含む芸道は、軍国主義の恐怖政治から凄《すさ》まじい弾圧を受けている。戦後、軍国から民主主義国家へ転じて、基本的人権を獲得した。特に第二一条、集会・結社・表現の自由は、作家にとって必須である。

それでいながら、必須の要素を剝奪《はくだつ》された破滅型時代に、作家の特権を振りまわせたのはなぜか。おそらく売り手と買い手の間を結ぶ信頼の成果であろう。

そんな成果を羨《うらや》ましいとはおもわないが、作家らしい本質が覗《のぞ》いているような気がした。作家は、群れ集まっていたとしても、一人一人が独特の作品世界を持っている一国一城の主《あるじ》である。作品領域は作家を王とする領土であり、おもうがままに支配できる。

その意味では、一人一人が独立しており、作家にライバルはいない。作家はそれぞれが一本立ちしているが、動機、作風、テーマ、年齢などによって、本人にその気はなくとも、読者や評論家によって、集団として区分される。一種の商店街である。

商店街は各店が個性を持ち、華やかで集客力を持ち、離れた場所での一店営業の敵ではない。商店街では各店が競い合いながら街を盛り上げていく。それぞれが商売敵でありながら、他の商店街と向かい合う戦力を維持する戦友でもある。

商店街的作家集団に戦友はいても、ライバルがいないのは、作家グループの特徴である。それは軍団を形成する大集団ではなく、人生を共闘する戦友集団である。

全方位的な作品領土

ライバルとは、それぞれの軍事力を競い合い、相手の領土を奪い合うものである。作家が別の作家の作品世界を奪ったり、盗んだりすることはできない。それぞれが独特の作品世界を持っており、これを奪ったり模倣したりすることは、作家として最も卑劣な行為であり、自ら破滅を招いてしまう。

盗作・剽窃《ひょうせつ》等は縁がないが、他の作家から影響を受けることはある。学生時代に強い影響を受けた作家は、日本では堀辰雄、井上靖。その他文学全集、ミステリーは松本清張の社会派、鮎川哲也の本格派、ポー、ヴァン・ダイン、エラリー・クイーン、アガサ・クリスティ、ディクソン・カーなど早川版。そして最高のエンタメとして山田風太郎。時代小説は山本周五郎、吉川英治。海外ではロマン・ロラン『ジャン・クリストフ』、エンタメの最高峰『モンテ・クリスト伯』の大デュマ。エッセイでは串田孫一、詩は立原道造と尾崎喜八、俳句は松尾芭蕉、角川春樹、西川徹郎、短歌は辺見じゅんと与謝野晶子。特に松本清張の社会の時空と共に、全方位にわたる広大な作品領土に驚いた。そして私自身も作家の看板を掲げた以上、社会の全方位にわたる読者を、我が作品領域内に招き入れたいと熱望した。清張氏の、まさにデパートのような全方向的ミステリーを含む社会派小説が、それぞれの部門において専門店と同等、時には以上の作品のレベルであるのに驚嘆した。私も、清張氏のような専門店に劣らぬ全方位的な作品領土を築きたいと、作家として貪欲に影響を受け、作家生活五十年の間に切り拓《ひら》き、積み重ねてきた。

まずミステリーとしては社会派と本格派を融合した『高層の死角』や『新幹線殺人事件』。歴史小説では『人間の剣』。時代小説では『悪道』、『忠臣蔵』、『新選組』、『平家物語』。軍事小説では『ミッドウェイ』。医学ミステリーは『暗黒星団』。その他青春小説『青春の条件』。恋愛小説『運命の花びら』。ビルドゥングス・ロマン（成長小説）『勇者の証明』。山岳小説『密閉山脈』。ＳＦ小説『青春の神話』。企業小説『社奴』。政治小説『黒い神座』。官能小説『深海の人魚』。短編。ノンフィクション『悪魔の飽食』。写文俳句。エッセイ『人生の究極』。

各ジャンルに主要作品を揃《そろ》えた。

だが、古代にまでは手を出さなかった。その補塡《ほてん》として、松本清張氏があまり書いていない青春小説が多い。清張さんはエッセイのどこかで「自分には青春がなかった」と言われているが、青春という言葉があまり好きではなかったようである。

デパート型は貪欲でないと維持できない。我が作品領土を寸土も許さず維持していくためには、書きつづけるということが重要である。

作家には定年がない。デビュー以後は常に現役であらねばならない。終わりなき「この道」は、自分ひとりの力で切り開いたわけではなく、先達の影響力や編集者の協力があったからである。

だが、「この道」には終点がない。加齢と共に心身が衰えてくるのはやむを得ないが、未来の確認ができない限り、未知数は若者と同じである。未知数の多い者は青春である。

若き日、山頂に立って地平線や水平線と空が溶融した遠方に夢を飛ばしたときは、「洋燈《ランプ》」の詩のようであった。

過ギシ日ハ遠ク昔ノヨウダト、オ前ハ云ツタガ、
過ギシ日ハ近ク昨日ノヨウダト、僕ハ黙ッテイタ。

詩人加藤泰三が、戦場へ赴く前にただ一冊残した詩集『霧の山稜《さんりょう》』の中の詩の一節である。加齢に拘《かか》わらず、過ぎし日は近く昨日のよう

に未知数（可能性）が待っている。

画家は、作家にとって女房のような存在であり、画家が病欠の間、清張さんが数日分代画して、編集者も読者も気がつかなかったというエピソードが残っている。それほど作家と画家がジョイントしていたのである。

作家の「この道」について絶対に欠かせない存在は、編集者に加えて、書店である。書店がなければ、作家がどんなに創作しても読者の手に渡らない。

破滅型から管理型へ、信頼から契約に、作家と出版社や書店との関係も、さらにアマゾンが加わり、機械文明の飛躍的な発展に伴い変化してきた。

どんなに名作、傑作を書く作家であっても、契約を守らない者は容赦なく切り捨てられた。文芸は契約や管理では生まれないと抵抗しても、滔々《とうとう》たる社会の潮流には逆らえなかった。

完璧主義にこだわる作家は、九十九パーセントまで作品を完成しつつありながら、気に入らないと破棄した。だが、時代は、完璧な名作よりも、約束を守る作品を要求した。そしてそのほうが読者のニーズにもつながる。

図書館無償寄託期

最近、こんなことがよくある。このところ作品を発表していないのに、

「ご活躍ですね」

と読者から声をかけられる。作品を発表していないのに、どこでどんな活躍をしたのか、不審におもうと、

「TVを拝見しました。面白かったです」

と、活躍（？）の説明が追加された。

私は、活字と映像は別物という意識に立っているので、映像の原作は嫁に出した娘として一切、口出ししない。これを間接的活躍と言えるだろうか。

また、さして作品が売れていないのに、読者から反響が来ることが

ある。反響した読者は、たいてい図書館で私の作品を読んでいた。

一体、どの程度、私の新作が図書館に収蔵されているのであろうかとおもい、様子を見に行くと、私の作品が一冊もないことがある。図書館員が、

「先生の作品は、ただいま全部、貸し出されております」

と説明してくれた。

私の少年期から学生時代にかけては、図書館にはほとんど新刊本が置かれていなかった。だが、最近はそうではなく、ベストセラーや新作が複数、図書館に並べられる。

我が作品の愛読者に変わりはなく、全冊貸出中と聞いて、悪い気はしなかったが、作家の台所には大きく影響してくる。出版社に対する

影響も大きいであろう。これも時代の潮流である。

私の作品に限らず、作家仲間の新刊書や、出版社の献本は、読後しばらく私蔵して、ある程度の期間を挟んでから図書館や文学館に寄託することにしている。

日記と異なり、読者に読まれるために書いた作品を独占して私蔵していては、読者の目に触れず、本の使命を果たせなくなる。だが、新刊書を不特定多数の読者に提供しては、作者の経済に影響してしまうので、ある程度の期間を置き、作者の許可を得た上で提供することにしている。私は、この期間を図書館無償寄託期と称《よ》んでいる。

今日の作家は、一昔、二昔前の作家と異なり、ただ机に向かって書いているだけではすまない。本来作家は作品の背後に隠れているべき存在であるが、読者は視覚的な作家に会いたがっている。

作家は自分の持てるすべてを作品に投射（自分と物理的に別の存在に心の結晶を映す）して発表する。俳優や歌手やスポーツ選手などは、自分の演技や声や、肉体的能力などを直接的に表現する。つまり、作家や画家や、作曲家や陶芸家など、すべての創作者は、作品を自分に代えて間接的に表現する。

それに対して芸能人やスポーツ選手などは直接的表現者といえよう。直接的表現者は自分自身が観客の前で表現体となるので、肉体的訓練や稽古を重ねている。間接的表現者は読者の前での肉体的訓練をほとんどしていない。

だが、TVや映画などの普及と共に、インタビュー、講演、トーク、などの需要《ニーズ》の増加に対して、間接的表現だけではすまなくなってきている。作品の背後に隠れつづけていられなくなったのである。

作家は直接表現に馴《な》れておらず、俳優やスポーツ選手などのように自分自身の肉体や歌や技などを、受け取り手（観客や見物客、聴衆など）に直接見せる訓練をしていないので、直接表現をすると、読者に幻滅をあたえるケースが多い。

読者は作品から作者の勝手なイメージをつくり、作品中の登場人物と作者を一体化しやすい。イメージと作者の実体が懸け離れすぎていて幻滅をあたえるのである。

作家としての「この道」

時代は、間接的表現者にも直接的表現を求めるようになっている。間接表現一筋で来た作家にとって、肉体的訓練や稽古は厳しい。この道が邪道に枝分かれしつつあるような気もする。

この道一筋が二筋、あるいは本道と従（間）道、二本に分岐するのではなく、平行するようになった場合、間接表現はどう変わっていくか。あるいは不変か。今後の課題である。

作家として「この道」に入ると、「作家とはなにか」と、時どき自分に問う。作家は物を書き、作品として発表し、それを不特定多数の読者に受け取られることによって、初めて作家となる。いくら日記や手紙などを書いても、作家ではない。

作家になった後、読者に読まれることを意識して書く日記や、後日（死後を含めて）の公開などを予測して書けば、作品の一部として扱われる。作家は、本一冊書いても作家と称《よ》ばれる。作家をやめても、元作家・前作家とは言わない。つまり、作品を書いている間だけが作家である。

職業を選ぶということは、人生を選ぶことである。プロフェッショナルとは、選んだ職業一筋に人生を生きることである。その点、作家は作品を書いている間だけプロで、書かなくなったとき、また、書けなくなったときは、すでに作家ではない。

書いている間だけが作家であるから、それは職業《プロフェッショナル》ではなく、状態であるという意見もある。医師や弁護士、薬剤師や公認会計士、弁理士や美容師などのように国家資格を要するものではなく、だれでも自由に書いて、読者に受け入れられれば作家となれる。

試験も資本も要らない。やめたければいつでもやめられるし、やめたくなくても消えることができる状態であるが、生涯を作家として生きる（書き続ける）者は、やはりプロフェッショナルであろう。

書けなくなった作家は化石である。だが作品が生き残ったり、再生したりしたときは、作者と称ばれる。ただの化石ではなくなる。

表現の自由を奪われない限り、定年のない作家は死後も作品を読まれる可能性があり、永遠のプロフェッショナルともいえよう。そのような意味でも作家には定年がない。「一筋」のこの道は終点がないのである。永遠のプロであり、状態であるともいえよう。

作家本人には会えない場合があっても、その作品が保存されている限り、時代を超えて受け取ることはできる。つまり、受け取り手も永遠である。地球そのものが壊滅しない限り、保存や記録が永遠に可能であれば、「この道」も永遠である。

宗教には「来世」があるが、文芸の来世は、フィクションである。来世の存在を証明した者はいない。文芸では、証明できない事象は、すべて虚構である。宗教と異なり、信じる、信じないは、読者次第である。オールマイティーの権力は生命が短い。「この道」はあっても、時代によって寸断される。

文芸に限らず芸道は、権力の圧迫や保護を受けても、権力よりもはるかに息が長い。なぜなら、文芸は自由であり、強制がないからである。強制があれば、すでに文芸ではない。その息を後世代が永遠につないでくれる。

人生は、一、仕込み期間（親の庇護《ひご》の下、学生時代）。二、現役（社会に参加して、それぞれの帰任、使命、義務を負う）。三、リタイア（なにをするも自由、しなくても自由）――に三区分される。だが、現役としての知識、経験を積んだ千軍万馬の強者が組織の都合のために肩を叩《たた》かれて、自由の海への解放という形式で、能力の死刑にあう。

その点、作家は恵まれていて、社会的な定年はない。ペンを置こうと、あるいは書きつづけようと、自由である。この自由が曲者《くせもの》で、個人差はあっても、永遠に定年のない作家は疲労の堆積が重く、組織的なリタイアによって第三期を自由の大海として暴れまわれる組織卒業者に比べて、書けなくなる者が多い。

平成四年（一九九二）秋ごろ、九州佐賀に在住していた畏友《いゆう》・笹沢左保氏から電話が入り、

「年に一回、佐賀に来ないか」

と突然誘われた。私は咄嗟《とっさ》に、その言葉の意味がわからなかった。

「今度、佐賀で文学賞をやりたい。ついては、あんたと夏樹さんとおれの三人で選考委員をしたいんだが、参加してくれないか」

ということであった。

笹沢氏は故山村正夫氏に紹介されてからの年来の盟友である。彼からの直接の呼びかけを断ることはできない。私は承諾した。笹沢氏からの誘いは平成五年（一九九三）、九州さが大衆文学賞として発足した。それ以後、選考会と授賞式、おおむね年二回、佐賀通いがつづいている。

平成十四年（二〇〇二）十月二十一日他界した笹沢氏の功績を賞して、笹沢左保賞と賞名を変え、平成二十七年まで、すでに二十二回、受賞者の中から永井するみ氏、海月ルイ氏、梶よう子氏、指方恭一郎氏、今井絵美子氏を出して、地方文学賞の名門として歴史ができている。

笹沢氏は佐賀在住中、癌《がん》を発して入退院を繰り返しながら闘病していた。正確な年は忘れたが、山村正夫氏から電話がかかってきて、「笹沢さんの具合がとても悪い。この一週間が山だそうだ。佐賀へ行く準備をしていてくれ」と言われた。

かねがね編集者から悪いとは聞いていたが、それほど切迫しているとはおもわなかった。私は仕事をとりあえず整理して、いつでも佐賀へ行けるようにスタンバイしていた。

その後、笹沢さんの新刊本が相次いで出版され、各誌にも彼の作品が掲載されている。私は山村氏に連絡を取って、

「笹沢さん、元気じゃないの。誤認情報じゃないのか」と問うた。

山村氏は電話口で口ごもるように、

「あの人は化け物だよ。いまにも死にかけていたようなのに、保ち直したよ」と答えた。

その山村氏の方が平成十一年（一九九九）十一月十九日、先に逝ってしまった。笹沢さんの、「あいつ、おれの葬式のことを心配してくれていたのに、先に逝っちまいやがったよ」と悲しげに言った言葉が忘れられない。

山村氏は講談社のフェーマススクールズのころから山村教室を主宰していた。同教室からは、篠田節子、鈴木輝一郎、宮部みゆき、羽太雄平、海月ルイ、室井佑月、また山村氏が師匠をしていた青山学院推理小説研究会から、菊池秀行、新津きよみ、風見潤、竹河聖各氏の錚々《そうそう》たる顔ぶれを輩出した。

山村氏の死後、解散の直前にあった同教室を、山村氏の遺志を引き継いで、私が名誉塾長として継続している。

その笹沢氏も平成十四年（二〇〇二）十月二十一日、鬼籍に入ってしまった。水魚の交わりをしていたトリオだけに、一人取り残されたおもいが強い。

笹沢氏の遺骨は多すぎて、斎場が用意した最大サイズの骨壺《こつつぼ》に入りきらなかった。骨壺からこぼれ落ちた遺骨が、四百冊達成を射程に入れて（三百八十冊）、書き残した作品の無念を物語っているように見えた。

骨上げのとき、笹沢氏の遺骨を大坪直行氏と拾いながら、私は、

こぼれたる骨までも積め渡り鳥

と詠んだ。

鬼籍に入る戦友作家

かつて華やかな〝商店街〟を形成した作家仲間は、櫛《くし》の歯が欠けるように退き（故人だけではない）、身辺が「秋風悲しや五丈原」（仲間が少なくなる）となっていく。商店街の個性の強い店だけではなく、強い戦力となってくれた古い編集者も少なくなっていく。

定年のない自由は作家の宿命であると同時に、一般にはない恩恵である。能力の死刑はなく、自由の大海には加齢に関係なく無限の未知数（可能性）があるからである。たとえ能力や野心が衰えたとしても、他為的なものではない。

代表作が第三期に完成されることは少なくない。山本周五郎の名作『虚空遍歴』の主人公が、武士の身分を捨て芸人となり、自分の「音」を生涯かけて追うように、作家は自分の「文」を永遠に追求する。秋風悲しくあっても未知数が無限であるのは、作家の特権である。そして今日もまた充実した一日を送り、明日もまた自分のものである未知数の行路をありがたくおもう。

卒業式の日、キャンパスで記念撮影をした後、校門で八方に別れたクラスメイトたちと、また明日も会えるような錯覚を抱いて「バイバイ」とさりげなく交わし合ったまま、その後生涯、再会しない友もいる。クラス会は時どき開かれたが、ついに一度も出席しないまま消息不明になった者もいる。

ミドルエイジ時代、子供も独立して、時間、経済的にも多少のゆとりができたころ、比較的頻繁に開かれたクラス会も、加齢と共に参加者が少なくなり、訃報も聞くようになる。

シニア時代の年中（七十代）となると、人生をしみじみ反芻《はんすう》するようになる。特になにもすることがなくなった年長組は、時間を持て余す。

なにもすることがないということは、かなり厳しい。人生は生きることであり、そこに居るだけではは生存しているのみで、生きているとはいえない。反社会的でないかぎり、なにかをするということは、生きていて社会に参加していることである。

現役時代、会社や組織や、自由業にしても、使命と責任と義務を背負っていた者が、六十歳をもって突如、その束縛から解放された自由は、新たな未知数（可能性）に満ちている広大な海に面したような気がする。

だが、他《アウトサイド》からあたえられていた未知数を自分《インサイド》が探さなければならない。自由の大海に未知数は解散し沈んでしまう。自由の過酷さと辛《つら》さが最も心身に沁《し》みるのが八十代である。

この時期、人生という戦場を共に戦って来た戦友たちの訃報が相次ぐ。戦友であり青春の友が、櫛《くし》の歯が欠けるように少なくなっていく寂しさと同時に、それぞれの人脈の中で長生きするのは自分だという欲の皮が張ってくる。

学生時代から社会のスタートラインに立って、行き先不明の全方位列車に乗り込んだとき、未知数に向かって遠くまで行く。途上なにがあろうと終着駅まで乗り通す（途上乗り換えても目指すは終着駅）と、自らへの誓いを新たにする。人生に対して貪欲な誓いである。貪欲でなければ未知数を得られない。

親が敷設した行き先が明らかな安全保障列車より、行き先不明の列車のほうが若者にとって断然面白い。

自ら選んだ人生の未知数を貪欲に追った友がいた。母校・青山学院大学のクラスメイト、大内順子さんである。彼女は入学後間もなく、後にご夫君となった宮内裕氏にその素質と才能を認められて、進学と前後してファッションモデルとなり、たちまち頭角をあらわした。

だが、友人に勧められて彼の車に便乗、帰宅途上、予想もしなかった事故に巻き込まれて眼に重傷を負い、モデルとしての洋々たる前途をあきらめざるを得なくなった。一時は前途に希望を失ったが、このままでは終わらないと自ら奮い立ち、日本のファッションを世界レベルに引き上げるべく、日本で初めてのファッションジャーナリストへ人生の路線変更をした。

夫君の協力と励ましを受けて、その後の活躍は瞠目《どうもく》的であり、世界ファッションの中心地パリ・コレに橋頭堡《きょうとうほ》を築いて、その最前列《フロントロウ》を獲得、日本のファッション文化を拡大、世界と肩を並べるまでに引き上げた。

いまや日本のファッションを抜きにしては世界のファッションを語れぬまでにファッション大国に押し上げたのは、大内順子さんが切り開いたパリ直通のファッションパイプの貢献である。

モデルとして最悪の事故に遭遇した彼女の、絶望のどん底から新たな未来への人生路線をひた走った情熱とパワーは凄《すご》い。それも、個人的な路線変更ではなく、日本のファッションという重い荷物を背負った時空への路線である。

これも大内さんのネバー・ギブアップ精神と、致命的な挫折を乗り越えた不屈の姿勢がつかみ取った運命であろう。もし絶望の時空に打ちのめされたまま動かずにいれば、日本のファッション維新にかなりの影響をあたえたにちがいない。

生存には生きつづける維持《メンテナンス》が必要であり、生活は美しくあらねばならない。そして生活を美しくする必須の文化はファッションである。

女性は美しく装う特権がある。動物的生存の中ですら、女性は生きるために必須の可食物（食えるもの）、水、薬などと並べて、化粧品を求める。たとえ動物的生存中であっても女性の特権を要求する。絶望のどん底に叩《たた》き落とされても、女性は美しく装う特権を再生の契機《きっかけ》とするのである。

憲法には女性の特権である「美しく装う権利」を規定していない。

そんなきまりきった権利を敢《あ》えて規定する必要がないからである。だが、戦時中はその権利すら女性自身が女性から奪った（例、パーマ、振り袖など）。我が子が国を護《まも》るために戦場で死ぬ機会をあたえられた母親は、日本歴史上最高の栄誉に輝く女性であると広言した女性もいた時代である。

そして女性の特権を追いかけるようにファッション、文芸、音楽、美術、すべての芸術、嗜好品《しこうひん》、趣味など、人間として必要な生活の要素が追いかけてくる。生存に不必要な要素ほど人間の条件であり、特に女性の誇りである。

女性がその美しい本領を発揮するとき、その国、その世界が最も安定し、平和な時代である。女性の髪を切り、防空頭巾をかぶらせ、モンペを穿《は》かせ、竹槍《たけやり》を持たせてワラ人形に刺突訓練をさせた時代は、発狂している。

女性本来の美しさこそ、人類の平和のバロメーターと言えよう。第二次世界大戦後七十年にして世界各所において、女性の権利が損なわれ、差別が目立つようになり、女性に武器をもたせて戦場に駆り出しつつあるが、日本では女性が美しく輝いている。

永久不戦国家から、戦争可能国家、さらにはいつでもどこでも戦争ができる戦争自由国家になったとき、男女同権は吹き飛び、戦争のイニシアチブは男が握るだろう。美しくあるべき女性の特権は「お国のため」という大義名分で剝奪される。それを取り戻すためには、大量の流血と、長い時間が求められる。

およそ作家（文芸）を志す者は、絶対的な自信を持たなければならない。だが、自信があっても不特定多数の受け取り手（読者）を確保しない限り、作家ではない。自信と共に、もしかすると自分はとんでもない勘違いをしているのではないか、という不安が伴う。

読者なき作家は存在しない。デビュー後もその不安は揺れながら随伴する。特に無から生ずる有を書く仕事は、不安との格闘である。不安をねじ伏せられない者は、定年なき途上で挫折する。自分が選んだ「この道」の挫折である。

不安を克服するために私は、古典や歴史小説を読み、映画（B級含む）などを観《み》る。また不安との闘いをエッセイに書く。プロの作家でありながら、嫁入り先のないエッセイを書くのは有効である。書けないから書かないのは、作家の竈《かまど》の火を消してしまう。とにかく書き続けることが大切である。「この道」の永遠を追う者は、不安を随伴しながら自信をもって不安を押し潰《つぶ》し、自ら選んだ人生の方位に向かって未知数を追う永遠の狩人である。

昭和二十二年、平均寿命は男性五十歳（五〇・〇六歳）、女性五十三歳（五三・九六歳）であったのが、今日では男女共に八十代に入っている。年末に受け取る訃報には九十代が多くなっている。

医学、医薬、栄養、衛生等の向上によって百歳に手が届きつつある今日、人生「この道」も長くなっている。「この道」が長いほど収穫が多くなければならない。

当初仕込み期間、現役、老後と分けた人生第三期は、今や六十をもって前編・後編に分けるほど人生二毛作以上になっている。親や身辺の期待を集めた第一期から、社会へ参加した第二期までが前編であり、六十歳をもって後編に臨む人生こそ、二毛作のスタートラインである。前編で学んだ知識や技術や経験、人脈などを活《い》かして後編に臨む人も少なくないが、おおかたは前編における使命、義務、責任等の束縛から解放されて、新たな人生に向かってスタートする。つまり、ただ一度限りの人生を前編だけに縛られたくないという発想である。

私の知人の中には、ホテルマンから私設郵便局長、会社員から寺の住職、セールスマンから行政書士、学者からミュージシャン、銀行員から会計士、歯科医師から小説作家などに、人生の後編の方位を転向している。

人生に貪欲な人は、三度も四度も方位転向して人生多毛作に挑んでいる。人生五十年時代に比べると、多彩で貪欲な人生である。私は最終学校卒業後、ホテルマンを九年余務めてから、幼年期からの夢であった作家に転向した。これは転向ではなく、生来望んでいた夢《ビジョン》を実現したともいえよう。

辛うじて戦争を生き残った人生の兄貴分から、ノーベル賞受賞者や日本古式文化の総師や、アーティスト、伝道者、財界の要人、教育者、高僧などが生まれている。無限の才能をあたえられた若者たちがそれぞれのビジョンの花を開く前に、理不尽な時代に、戦争という天敵にむしり取られた無念は、いかばかりであったであろうか。生き残った者は、戦争に破壊された若者たちの後編のためにも生きる責務を背負っている。

戦争は「この道」の天敵である。世界的に戦火が飛び散っている状況の下、好戦的な政権によって不戦憲法が揺れている今日、「この道」を全うするために生き残った者は、理不尽な時代から学んだ教訓を完成しなければならない。

なおも途上の終着駅

終戦と共に、人間性を否定した理不尽な時代は終わった。軍事力の補給源として人形のように操られていた国民は、それぞれの人生を取り戻した。貴重な犠牲を踏まえて制定された憲法は、想定敵国より近い人間の敵、裸の王様による恐怖政治を二度と繰り返すまじと保障した不戦の誓いである。

それが戦後七十年にして、国会議員の大多数が改憲を主張し、国民の一定数が戦争可能国家システムに傾いている。永久不戦の誓いが七十年にして理不尽な時代に戻りつつある。戦争を知らない世代が増えているだけではなく、全国民が騙《だま》されかけているのではないか。

七十年前をおもい返してみよう。各家庭や親類、知人、友人、隣人などに、戦争に殺された人が必ずいるはずである。圧倒的多数の人間が、生死いずれでも命と人生を奪われた時代へ、引き戻されつつある。

憲法、特に九条は、人間性を護《まも》る守護神である。これを閣議だけで変えてしまおうとする政権が、どんな暴権であるか。新年の天皇のお言葉も耳に届かぬようであれば、もはや政権ではなく、凶権である。

戦争による学習を忘れた者は、「この道」を完成できない。太平洋戦争開戦時、真珠湾奇襲と歩調を合わせて占領したシンガポールで世界の宝、植物園と博物館を護るために、交戦中の日中英と現地の人々が結束した話を角川歴彦氏から聞いた。これは思想や表現の自由や、基本的人権以上の、人間の数だけある人生の生き方を阻む理不尽に対する永遠の抵抗である。

人生の理念につながる人間の、それぞれの「この道」こそ、本来の理想的な社会を形成する単位《ユニット》であり、これを阻もうとする理不尽は、人類の狂敵が偽装《カムフラージュ》している。人類の凶敵、またその臭いを発する動きに対して、警戒しすぎということはない。そして、選んだこの道の自由を進む意志と、体力と、情熱を失ってはならない。

加齢と共に体力や情熱は衰えてくるが、「この道」を追う者は、日暮れて道遠いほど情熱を燃やして前途を照らさなければならない。蠟《ろう》燭《そく》が燃え尽きる直前に似ているようであるが、本人は蠟燭の瞬光とはおもっていない。

作家の「この道」にとって最も恐《こわ》いものは、権力による自由の制圧である。特に思想、表現、言動などの自由を剝奪、制限されれば、「この道」半ばにして挫折せざるを得ない。作家に限らず人間の自由を奪われたとき、人生は自分のものではなくなってしまう。

七十年前、日本列島を軍靴が蹂躙《じゅうりん》した理不尽な時代の気配が、今日濃厚になっている。しかも、その気配を喜ぶ傾向が強い。

今日、最高責任者たる者が「積極的平和」を頻繁に唱えているが、それは軍事力を背負った「平和」を意味する。軍事力とは常に相対的な力であり、最強を誇っても、より強大な軍事力を達成した敵性国が現れれば、限りない軍拡競争となる。

戦争は常に自国の意志を他国に強制し、すべての戦争は、正義の名分のために自衛という名目のもと、国民個々の人生を破壊することから始まる。つまり国民が権力（国）に再び騙《だま》されつつある。因《ちな》みに日中太平洋戦争も自衛の名目から始まった。自衛と侵略戦争に区別はない。

加藤周一が終戦日を祝して書いた『羊の歌』の一節。

今や私の世界は明るく光にみちていた。夏の雲も、白樺《しらかば》の葉も、山も、町も、すべてはよろこびにあふれ、希望に輝いていた

（後略）

それが今、一政権により戦争可能国に改造され、全国、近隣諸国が七十年前の闇に戻りつつある。同時に、我が家の自由を脅《おびや》かしたのは、権力ではなかった。数年前、突然迷い込んで来た野良の仔《こ》猫に餌をあたえたのが、自由の制限のきっかけとなった。

最初の給餌に味をしめたチビ猫は、その後毎日、ほぼ同じ時間帯に我が家に立ち寄るようになった。餌が出されるまでは窓際に張りついて離れない。気づかずにいると、窓ガラスに前足をかけて立ち上がり、催促する。

居つかれてはややこしくなりそうな予感を持ちながら給餌すると、腹いっぱい食べて、狭い庭のどこかで昼寝をする。そして、また腹がへってくると餌をねだりに来る。

ペットショップで見かける珍しい洋猫や、サラブレッドのお猫さまではなく、平凡な毛並みの雉猫《きじ》であるが、どことなく品があり、表情豊かで要領がよい。夜行性らしく、夜間は姿が見えなくなる。

　そのうちにそろそろと家の中に入り込むようになった。そして、季節がめぐり、冬になると家中に居すわったまま動かなくなった。外へ帰れと言っても、いっかな動く気配も見せず、そのうちアンモナイトに（丸く）なって眠ってしまう。

　こんなことを繰り返している間に、当然という顔をして居すわってしまった。

　真夜中になると外へ出たがる。早朝に〝帰宅〟して来て朝食をねだり、屋内の居心地よい一隅を占めてアンモナイトになる。

　そんなチビクロ（家人が命名した）の傍若無人なライフスタイルが家中の癒《いや》しとなった。

　そのあたりまでは共存共栄であったが、家中総外出、特に外泊となると、はたと困った。不在中（の家宅）は警備保障《けいびほしょう》が守ってくれるが、チビクロの面倒まではみてくれない。

家中外泊、それも数泊となると、外出好きのチビクロが、雪や霙《みぞれ》、長雨、集中豪雨などにつかまって、どうやって凌《しの》いでいるかとおもうと、居ても立ってもいられなくなってしまう。

家中不在中、屋内に閉じ込めたり、ペットホテルや動物病院に預ける手もあるが、そんなことをすれば野良出身のチビクロは、気が狂ってしまう。結局、総外出の自由はチビクロによって抑圧されてしまった。

家中のだれかが必ず残留しなければならない。戦時強権による人権の理不尽な剝奪、あるいは制限ではないが、自由の制限という点では同じである。

国家権力によるいつか来た道を二度とは歩まぬという固い決意はあっても、チビクロによる自由の制限には抵抗できない。ペットショップで買って来た愛玩動物ではなく、本人（猫）の意志によって我が家に居すわってしまったチビクロとは、運命の赤い糸によって結ばれていたような気がするのである。

すぐ帰宅するふりをして外泊後帰宅したときのチビクロは、しばらくの間は好きな外出をしなくなる。アンモナイトの前に家人がいることを必ず確認する。

買い物や小さな用事のためにわずかな時間の外出であっても、チビクロの外出中、あるいはアンモナイト中を狙わなければならない。

人生後編、現役中のすべての束縛から解放された完全自由期とも言うべき熟成期に、野良出身の一匹の猫によって、想定外の束縛を受けようとはおもってもみなかった。だが、家中にあるとき、チビクロの存在は家族同然、以上であった。家族は血縁で結ばれ、社会を構成する最小単位《ユニット》であるが、必ずしも仲が良いとは限らない。

家族は対立することもあり、夫婦喧嘩《げんか》、きょうだい喧嘩、DV（家庭内暴力）、娘の非行を描いてテレビなどで話題になった「積木くずし」のような家中もある。だが、動物と家中は喧嘩をしたり対立したりすることはない。むしろ動物の存在が家族を和解させる。

かつて戦火のうちに行方を絶った猫のこそは、家族以上の存在であった。当時は軍人や公職以外に自由な旅行が許されなかったので、こぞを置き去りにする外泊の名目はなかったが、それだけにこぞと共に過ごした時間は長かった。こぞは理不尽な時代を共有《シェア》した一種の戦友であった。

もしかするとチビクロは、こぞが七十年前の戦火の中から生き返って来たのではないかとおもうこともある。つまり、どちらもあの理不尽な時代から七十年余、「この道」を歩きつづけて来たのではないのか。

最近、動物、特に猫や犬の本がよく売れるようになったのは、人間よりも五感の敏感な猫や犬が、危険な時代の再来を予感しているのではないだろうか。

戦時中、馬や犬は軍用として各家庭から徴用されたが、猫は徴用されなかった。つまり猫は、犬馬とちがって軍事力にならなかったのである。

それだけに猫は平和の象徴に見える。野良猫の姿が見えない高級住宅街は冷たく感じられるが、野良猫を見かける街角は、どこか余裕があり、温かい。

最近、野良猫の姿が減っているのは、社会にそれだけの余裕がなくなったからであろう。

集団的自衛権容認の代価として、集団的野良猫生存権が圧迫されているのかもしれない。

「この道」とはどんな道か。人生それぞれによって「この道」はちがう。「この道」は人間の数だけある。決して統一されてはならない。「この道」が統一されたときは、すでに「この道」ではなく、「軍の道」となる。

改憲に意欲を示す最高責任者、地図に縛られない自衛隊派遣域の拡大、国連決議に縛られない自衛隊海外派遣の随時可能恒久法案素案、首相に近い考えの識者を多数集めての戦後七十年談話など軍道は着々と敷設《ふせつ》されている。軍道に自由はなく、戦争がある。軍道は天敵の道となる。「この道」は文化の発展につながり、軍道は世界の破滅につながる。人間が個人としての「この道」を維持する限り、世界は平和的な発展をするであろう。

医薬、鍋、ダイナマイトなど、文化のためにそれぞれの道を追求して、健康、食器、建設などに貢献する。ほかの側面では毒薬、兵器、破壊などに逆用される。「この道」の目的ではなく、別の道、軍道に悪用されたのである。

「この道」一筋、それは世界と個人の自由と平和につながる人生の道である。

あとがき

本書は平成二十七年（二〇一五）一月五日から同年四月半ば（十八日）まで東京新聞（夕刊）に連載された「この道」を原作としている。

折から安倍政権が発足して日本の軍国国家（主義）時代に施行された国民の基本的人権をことごとく制圧、収奪した治安維持法を源流とする特定秘密保護法案が閣議決定によって裁決された。七十年前、太平洋戦争終結に伴い、戦争にうんざりした国民の総意によって永久不戦を誓った憲法九条が、これまた国会を通さず閣議（ほとんどは首相の独断）決定によって解釈改憲。単独で、アメリカ政府との集団的自衛権行使容認に基づき、国民と国会を置き去りにしたまま、日米同盟を独断で結び、自衛隊を世界のどこにでも派遣できる、憲法違反の契約を交わした。

昭和十六年十二月八日、軍国主義の頂点にあった日本が、ヨーロッパでの台頭著しいドイツとその同盟国イタリアとの三国同盟を結び、国力四十倍、軍事力十倍のアメリカ以下、英、仏、豪、蘭、中などの連合国に対して宣戦布告。と同時に、真珠湾への奇襲により、太平洋戦争の火蓋を切った。

昭和二十年（一九四五）八月十五日（〇時二十三分～一時三十九

分）、そのとき十二歳の少年であった私は、郷里熊谷市が最後の空爆を受けて降伏するまで、国民が人間としての権利をことごとく奪われた戦時下を四年間体験した。

それ以後、永久不戦を誓った七十年間は、安倍政権の登場によって過去のものとなりつつある。近隣国の軍事的台頭と、第二次世界大戦発生時の安保環境によく似ている今日とを結び付け、世界的戦争のことごとくに関わる米国と同盟し、想定敵国を脅威として、第二次世界大戦の轍を踏もうとしている。

戦争は、敵国に殺される前に国民の人生を破壊する。未来にかけた若者のさまざまな夢を二十歳の徴兵検査で奪い、一年卒業を早めた学徒出陣によって学生を学舎から戦場へ駆り出した。

国を護るためではなく、愚かな戦争指導者によって、将来どんな大輪の花が開いたかもしれない若者たちを戦場で殺し、遺骨を入れるはずの壺に石ころが入って還ってきた。

前途洋々たる若者たちを、そんなばかげた戦争に二度と駆り出してはならない。

政権は仮想敵国の台頭を脅威として国民に押しつけ、支持率を高めようとしているが、まさにそれこそ国民に対する脅迫であろう。

戦争から人間は学ぶ。そこがテロリズムとちがうところである。戦争は人命を殺傷するだけではなく、国民の精神と国土を荒廃させる。そして二度と戦争起こすまじの誓いが戦争文化の成果として生まれる。

だが、歳月の経過によって、成果は忘却、風化され、かつて歩いた自由と人間性を否定する愚道を歩もうとする。

政交（政権の交わり）と民交（国民の交わり）はちがう。政治家は、特に戦争を知らない政治家はこれを混同しやすい。国家の礎となる若者を最も先頭に戦場へ送り出す政権は、国民を国の人材ではなく軍の補給源と混同している。

人材は一国のものだけではなく、世界のものである。戦争から学ばなかった諸国の若者は戦場に送り出されて生命を奪われている。送り出した権力者にはほとんど子供はなく、権力者と密接な若者が戦場へ行くことは少ない。

終戦時、戦場から優先的に帰国したのは、政府高官や軍部指導者の係累であった。独裁国家の国民は国を護るために戦争をしない選択が許されず、少年から中年に及ぶ国民まで戦場へ送り出された。つまり、戦時下では国を護るために戦争をさせない愛国の選択はなかった。軍国の愛国は戦争一途であったのである。

第二次世界大戦において日本は前科を持っている。累犯者は赦されない。

私が生まれるのがあと二年早かったら特別少年兵として戦場へ駆り出された。広島、長崎の犠牲によって米英人百五十万の命が救われたと公言する米英指導者の舌の根が乾かぬうちに、日本が降伏声明を発しているにもかかわらず、八月十五日未明から熊谷では日本最後の空爆を受け、死なずともよい生命（二百六十六人）が奪われたのである。

戦争は人間を非人間化する。我が国が前科から学んでいるにもかかわらず可戦国（戦争可能の国）に戻りつつある今日、人間の数だけある人生の「この道」によって阻止しなければならない。「この道」を決して「かつて来た道」と合流させてはならない。この道こそ人生一度限りの道であり、戦争から学んだ教訓を踏まえた道である。

この道は不戦と平和の道であり、いつか来た道は破壊と非人間化の軍道である。これを決して間違えてはならない。政権が盛んに強調する積極的平和と抑止力は、軍事力を踏まえて成り立つ。そしてその軍事力の補給源は、国民に強制されることを忘れてはならない。

本書の書名《タイトル》「遠い昨日、近い昔」は、一代の詩人の加藤泰三が、理不尽な時代に必死の戦場へと臨む前、恋人と最後の山旅中に詠んだ詩「洋燈《ランプ》」の一節に因んでいる（本書一七〇ページ参照）。恋人の思いも包摂した作者の無念がこれほど美しく清爽に表現されている詩は少ない。

七十年後、先人たちの犠牲を踏まえての自由と平和が揺れつつある今日、詩人の無念と犠牲を無にするようなことがあってはならない。

遠い戦争を昨日のことのように忘れず、

近い不条理を昔のことのように葬れ。

そうして、本書のタイトルが決定されたのである。

この作品は、尊い犠牲によって学んだ戦後七十年の私の人生の軌道である。と同時に、尊い犠牲者を無にしてはならない、自戒の書でもある。

森村誠一

本書は、株式会社ＫＡＤＯＫＡＷＡのご厚意により、角川文庫『遠い昨日、近い昔』を底本としました。但し、頁数の都合により、上巻・下巻の二分冊といたしました。

森村誠一（もりむら　せいいち）

1933年熊谷市生まれ。青山学院大学卒。10年に及ぶホテルマン生活を経て作家となる。江戸川乱歩賞・日本推理作家協会賞・角川小説賞・日本ミステリー文学大賞・吉川英治文学賞を受賞。推理小説の他、歴史小説・ドキュメントにも作風を広げた。2023年 7月 24日逝去。

遠い昨日、近い昔　下

（大活字本シリーズ）

2024年5月20日発行（限定部数700部）

底　本　角川文庫『遠い昨日、近い昔』

定　価　（本体2,800円＋税）

著　者　森村　誠一

発行者　並木　則康

発行所　社会福祉法人 埼玉福祉会

埼玉県新座市堀ノ内3—7—31　〒352—0023

電話　048—481—2181

振替　00160—3—24404

印刷製本所　社会福祉法人　埼玉福祉会 印刷事業部

ISBN 978-4-86596-651-0